꿰맨 눈의 마을

트
리
플

22

TRIPLE

꿰맨
눈의
마을

조예은 소설

차
례

꿰맨 눈의 마을

　　이런 세상에 태어나게 해서 미안합니다. 교장 나
침이 조례 때마다 하는 말이었다. 그리고 갑작스러운
조례가 뜻하는 건 하나였다. 지난밤 학생 중 한 명이 타
운에서 추방당했다는 것. 나침은 비통한 얼굴로 말했다.

　　"램은 좋은 학생이었습니다. 늘 우수한 성적에
교우 관계도 원만했죠. 교사와 어른들을 공경할 줄 아
는 온화한 아이라는 걸 타운의 모두가 알고 있었습니
다. 그런 램은, 마지막 순간까지도 무척 의젓했다는 사
실을 기억해주시기 바랍니다. 램은 타운과 인류의 평
화를 위해 제 발로 타운을 걸어 나갔습니다. 우리 모두

램을 위해 기도합시다. 그가 신의 품에 안착할 수 있기를."

거짓말. 램은 제 발로 걸어 나간 게 아니라 버려졌다. 마지막 순간까지 자신을 버리지 말라며 울부짖었다. 바짓가랑이를 붙잡고 집요하게 늘어진 탓에 총까지 꺼내 들어야 했다고 문지기인 삼촌은 말했다. 얼마나 울던지 그러다 곧 죽을 것 같았지. 용서해달라고 찰거머리처럼 붙어서 애원하는 모습이 안쓰러웠어. 램은 정말 착한 애였으니까. 하지만 어쩌겠어. 나에게는 잘못한 것 하나 없는 그 애를 용서할 권리도, 남은 타운인들을 위험에 빠뜨릴 용기도 없는걸.

사냥총의 길쭉한 총구가 정수리에 닿고서야 램은 발악을 멈췄다고 했다. 삼촌은 지프에 올라 타운으로 돌아왔고, 램은 그렇게 타운 밖 황야에 홀로 남았다. 버려지는 이들에게 주어지는 것이라곤 두 끼니를 때울 수 있는 미트파이 한 판과 콜라 한 캔이 전부였다. 그리고 파이 안에는 최대한 고통 없이 죽음에 이를 수 있는 약물이 들어 있다. 램은 그것을 먹었을까? 그리하여 지금쯤 평온한 죽음에 이르렀을까? 아니면 그 끔찍한 선물들을 집어던지고서 먼 길을 떠났으려나.

　　　　그때였다. 나침이 조금 전까지와는 달리 사뭇 기쁜 얼굴로 마이크를 고쳐 잡았다.

　　　　"여러분, 우리가 기억해야 할 영웅이 한 명 더 있습니다. 제로, 나오세요."

　　　　맨 앞 열에 서 있던 제로가 단상 위로 올랐다. 교장은 그를 제 옆에 세우고는 어깨를 가볍게 두어 번 두드린 뒤 마이크를 넘겼다. 제로는 전쟁에서 큰 공을 세운 전사처럼 당당했다. 곧 제로 특유의 개구쟁이 같은 목소리가 울려 퍼졌다.

　　　　"램의 두 번째 입을 발견한 건 지난 주말이었습니다. 원래 저랑 램, 이교는 함께 자주 놀았거든요. 그날도 같이 흠뻑 젖을 만큼 공놀이를 했어요. 깔끔 떠는 이교는 집에 가서 씻겠다며 먼저 돌아갔고, 저는 램과 남아 가장자리 계곡에서 몸을 씻었죠. 그런데 물에 젖어 드러난 램의 목덜미에 평소와 다른 뭔가가 보이는 거예요. 뻐끔거리는 연한 분홍색 입술이랑 삐뚤빼뚤한 이빨. 아무리 봐도 그건 입이었어요. 코 밑에 달려 있어야 하는 입이요! 우리 인류는 입이 두 개이지도, 목덜미에 입이 나지도 않잖아요."

　　　　제로의 큼지막한 두 눈동자가 허락을 구하듯 관

중을 훑다 멈췄다. 충혈된 눈이 이교를 향하고 있었다.

"저는 그길로 집으로 도망쳤어요. 어떻게 해야 할지 고민하다가 결국 어른들에게 말했습니다. 만약 램이 병에 걸린 것이라면 더 큰 피해가 발생하기 전에, 램이 정말 괴물이 되어버리기 전에…… 조치해야 하니까요. 학교에서 배운 대로요."

짝, 짝, 짝. 나침의 박수 소리를 따라 다른 교사와 학생들도 함께 박수를 치기 시작했다. 강당은 순식간에 박수 소리에 집어삼켜졌고, 그 주인공인 제로의 얼굴이 붉게 물들었다. 상기된 얼굴과 치솟은 광대에 뿌듯함이 넘실거렸다. 움츠러든 어깨와 옹송그린 입술 탓에 부끄러워하는 것처럼 보이기도 했다. 이교는 양손을 주머니에 밀어 넣은 채 고개를 밑으로 떨어뜨렸다. 마이크를 돌려받은 교장이 제로의 어깨에 손을 올린 채 외쳤다.

"여러분! 타운은 우리의 작은 영웅, 제로의 결단력과 용기 덕분에 더 큰 피해를 막을 수 있었습니다. 학교에서 배우는 걸 잘 명심하시기 바랍니다. 타운 밖에는 여전히 신의 저주를 받아 괴물이 된 인류가 혀를 늘어뜨린 채 피와 고기를 찾아 헤매고 있습니다. 저주의 징후를 목격한다면 망설임 없이 어른들에게 신고해야 합니다. 찰나의 망설임이 여러분의 가족을, 친구를 죽음으로 내몹니다. 타운을 지키는 제1규칙을 외치면서 오늘 조례는 끝내겠습니다. 제1규칙이 무엇이라고요?"

그와 동시에 아이들은 크게 외쳤다.

"얼굴이 아닌 곳에 난 이목구비를 보면 신고하라!"

교장이 단상에서 내려가자 아이들은 빠르게 강당을 빠져나가기 시작했다. 이교도 그에 섞여 느지막이 강당을 나왔다. 하늘은 어제와 다름없이 맑았다. 작열하는 태양이 대지를 불판처럼 달구었다. 먼저 나와 있었는지 제로가 이교의 앞을 가로막았다. 이교는 말없이 몸을 틀어 앞섰다. 제로는 조용히 그를 따랐다. 아무도 지난 일주일 사이에 있었던 일을, 램의 빈자리를 입에 담지 않았다. 교실에 거의 도착했을 때였다. 제로가 입을 열었다.

"오늘 학교 끝나고 같이 수영할래? 가장자리 계곡에서."

이교는 제로의 머릿속을 들여다보고 싶어졌다. 그는 아무렇지 않은 척하는 걸까, 아니면 정말로 아무렇지 않은 걸까?

"나 결벽증 있는 거 알잖아. 밖에서는 안 씻어."

"그럼 난 누구랑 수영하고 놀지. 이제……."

램도 없는데. 하지만 제로의 말은 램의 이름이
나오기 전에 멈췄고, 이교는 수업 시작을 핑계로 자리
에 돌아와 앉았다. 아마 우리는 이제 함께 놀지 않을 것
이다. 램의 빈자리를 느끼지 않기 위한 최선의 방법은
램이 애초에 없었던 척하는 거니까. 분명히 존재하는
공백을 모르는 척해야 하는데, 제로와 함께 있으면 그
러기가 힘들다. 추방자들은 이런 식으로 잊힌다. 곧 역
사 담당 교사가 들어와 강의를 시작했다. 지난 시간에
어디까지 했죠? 아이들은 답했다. 둠스데이요.

"네, 그럼 134쪽. 둠스데이부터 시작하죠."

*

이교가 태어나기 육십여 년 전, 인류는 멸망했
다. 극지방의 빙하가 80퍼센트까지 녹아버린 게 그 시
작이었다. 해수면이 높아져 몇몇 대도시들이 잠겼다.
통째로 사라진 나라도 있었다. 수시로 쓰나미가 들이닥

쳐 원자력발전소들이 파괴되었고, 무너지면 안 되는 많은 것들이 무너졌다. 무수한 죽음과 난민들의 행렬이 이어졌다. 그 모든 유기적인 재난의 끝에 주인공처럼 병이 등장했다. 빙하 깊숙한 곳에 얼어 있던 고대의 바이러스들. 바이러스는 수만 가지에 달했으며, 끈질기게 살아남아 변형에 변형을 거듭했다.

그 병은 신의 저주라고 불렸다. 감염 경로와 방식을 전혀 가늠할 수 없었을뿐더러, 증상이 신이 내리는 형벌처럼 느껴질 만큼 기괴하고 끔찍했기 때문이다. 가장 흔하게 발생하는 초기 증상은 눈이었다. 얼굴에 달린 두 개의 눈 말고도 몸 곳곳에 종기처럼 눈이 생겨났다. 귀거나 입인 경우도 있었다. 그다음은 사지였다. 손과 발, 팔과 다리 그리고 심하면 머리까지도. 변형이 어디까지 진행되는지는 각양각색이었다.

사람이 더 이상 사람일 수 없게 만드는 그 질병 때문에 인류는 본래 모습을 잃고 흉측하게 변해갔다. 어깨에 또 다른 머리가 솟아났다. 꼬리뼈에 세 번째 다리가 자라났다. 여섯 개의 팔을 가진 아이가, 머리가 두 개인 아이가, 수십 개의 손바닥이 모여 날개를 이룬 아이가 태어났다. 늘어난 감각기관은 감각의 과부하를 일으켰고, 스스로의 모습을 받아들이지 못한 이들은 미쳐 갔다. 변형은 끝내 뇌 깊은 곳까지 파고들어 이성과 자의식을 차단시켰다. 그들은 끔찍한 외양과 어울리는 야만의 생물로 회귀했다. 피와 고기를 갈망하는 괴물이 된 감염자들은 자신들의 가족과 친구와 연인을 기억하지 못했다. 오로지 식욕에 사로잡혀 눈앞에 보이는 모든 생명체를 무자비하게 물어뜯고 씹어 삼킬 뿐이었다. '저주병'의 첫 감염자가 나온 날짜, 2066년 6월 6일은 둠스데이로 지칭되었다.

그 산지옥에서 살아남은 이들이 모여 사회를 이룬 것이 바로 타운이다. 타운의 시초는 독실한 기독교인이자 자본주의의 중심에 있던 한 억만장자로, 그는 저주병이 퍼지기 일 년 전 계시를 받았다. 곧 종말이 다가오니 선택받은 이들을 위한 벙커를 만들라. 그는 신의 뜻을 받들어 버려진 황야를 통째로 사들인 후 그 안에서 종말 이후를 대비했다. 전 세계 곳곳에서 살아남은 이들이, 본래의 모습을 유지한 인간들이 모여들었다. 억만장자는 그들이 바로 '선택받은 자들'이라고 믿었다. 저주를 피해 인간의 원형을 유지한 자들. 그러므로 벙커는 곧 방주였다.

여기까지가 이교가 학교에서 배우는 내용이다. 그리고 당연히도 교과서에는 굳이 적히지 않는 내용들이 있다.

벙커는 점차 커져 마을이 되었고, 작은 도시로 발전했다. 인류의 세상은 타운의 안과 밖으로 나뉘었다. 하지만 타운도 저주병으로부터 완전히 자유로울 수는 없었다. 간혹 타운 안에서도 감염자가 생겼다. 타운 초기에는 밖에서 감염이 된 줄 모르고 들어와 있다가 발현한 경우도 있었지만, 시간이 지날수록 그런 사례보다는 불시에 증상이 나타나는 경우가 더 잦았다. 하여 타운을 지키기 위해서는, 그리고 인류의 보전을 위해서는 제1규칙을 명심해야 한다.

아무리 친한 친구라도, 막 입을 맞춘 연인이거나 하나뿐인 가족이라도, 저주병의 징후가 보이면 장로에게 알릴 것. 그렇게 지목된 감염자는 사실 확인 기간을 거쳐 추방된다. 독이 든 미트파이와 콜라 한 캔과 함께. 여전히 타운 밖에는 감염자들이 넘쳐났고, 그들은 살과 피를 탐하는 추악한 괴물이었다. 추방은 곧 죽음이나 마찬가지. 독이 든 파이는 추방자가 자신의 최후를 선택할 수 있게 하는 마지막 배려였으며, 이 규칙은 타운이 생겨난 이래로 가장 유서 깊은 전통이기도 했다. 다수를 위해 소수를 희생하는 것이 인류의 유구한 역사였듯이 말이다.

학교가 끝나고 이교는 곧장 집으로 향했다. 엊저녁부터 술을 마시기 시작한 삼촌은 지독한 냄새를 풍기며 소파에 널브러져 있었다. 추방자를 타운 밖으로 내보내고 온 날이면 문지기인 삼촌에게는 사흘의 휴가가 주어졌는데, 그 시간 동안 하는 일이라곤 술을 마시는 것뿐이었다. 삼촌은 잠시라도 멈추면 큰일이 날 것처럼 술을 들이부었다. 그리고 사흘이 지나면 기억을 잃었다. 건너편 집의 메리도, 그의 직장 동료였던 루와 리브도, 이사 간 준 아저씨네 딸도 삼촌은 기억하지 못했다. 아마 그는 램도 곧 잊어버릴 것이다. 램을 잊는 건 이제 램을 기억하는 모두가 해내야 하는 가장 중요한 일이 되었다. 하지만 정말 잊으면 편해지나? 이교는 궁금했다. 그리고 모두가 비겁하다고도 생각했다.

2층의 방으로 향하는데 부엌에서 들려오는 목소리가 이교를 붙잡았다.

"이교야."

엄마는 부엌 식탁 앞에 앉아 허공을 노려보고 있었다. 식탁 위의 반쯤 채워진 낡은 술잔이 음울한 조명을 받아 빛났다. 오래전에 램의 가족이 선물한 잔이었다. 이교는 응답 없이 멈춰 섰다.

비틀거리며 다가온 엄마가 이교를 꽉 껴안았다. 이교는 그저 가만히 서 있었다. 허리와 어깨를 감싼 팔이 살아 있는 사람 같지 않게 차가웠다. 엄마는 이교의 어깨에 이마를 기댄 채 술 냄새가 밴 뜨거운 숨을 뱉으며 속삭였다.

"조심해, 이교야."

삼촌에게는 들리지 않을, 아주 작은 목소리였다.

"정말 조심해야 해."

이교는 엄마를 떨쳐내고서 달렸다. 도망치듯이 방으로 뛰어든 후 문을 잠갔다. 깊은 숨과 함께 돌아서자 방 창문이 보였다. 건너편에는 굳게 닫힌 램의 방 창문이 있었다. 일주일 전만 해도 이 창문으로 새벽까지 램과 대화를 나눴다. 이제 부름에 응답하는 목소리는 들려오지 않을 것이다. 창문도 열리지 않을 것이다. 그 모든 기억은 그저 과거가 되어버렸다. 언급할 수 없으므로 끝내 삭제될 과거였다.

이교는 창문 앞에 주저앉아 마지막으로 램과 나눴던 대화를 떠올렸다. 요즘 계속 목 근처가 가려워. 벌레에 물린 걸까? 램이 뭉툭한 손톱으로 목덜미를 벅벅 긁으며 말했다. 그때 이교는 대꾸했다. 좀 씻고 다녀라. 안 씻으니까 벌레가 무는 거야.

'안 씻는 건 제로지. 걘 맨날 네가 유난이래.'

'같이 수영 안 해준다고?'

'응.'

'가장자리 계곡의 물은 바깥에서부터 흐르는 거잖아. 오염되었을지 어떻게 알아.'

'그렇게 따지면 타운에서는 물을 못 써. 그 계곡 물로 우리가 씻고 마시고 다 하는데.'

'그래도 찝찝해.'

그리고 한참의 침묵. 이교와 램은 함께 하늘을 올려다보았다. 맑은 밤하늘에 별이 쏟아질 것처럼 반짝였다. 먼저 입을 연 건 이교였다. 그날은 삼촌이 사흘간의 외부 정찰을 마치고 돌아온 날이었다. 외부 정찰이란 무기로 무장한 채 타운 밖을 돌며 보안을 정비하고 정보를 수집하는 일이었다. 삼촌은 저주병에 걸려 괴물이 된 이들을 실제로 마주한 적은 없지만, 간혹 낯선 낌

새를 느끼거나 기괴한 그림자를 목격한 적은 있다고 했
다. 방독면을 쓴 채 황야를 질주할 때면 집요하게 따라
붙는 시선이 느껴진다고. 그러나 그날 아침에 한 이야
기는 평소와는 조금 달랐다. 삼촌은 하늘을 나는 기계
를 보았다고 했다.

'비행기를 보았다고? 말도 안 돼. 비행기는 구시
대의 유물이잖아. 잘못 본 거 아니야?'

'틀림없이 비행기였다는데. 독수리나 까마귀는
분명 아니었대. 꽤 가까운 곳에서 엄청 커다란 소리를
내며 날아올랐댔어.'

말은 그렇게 했지만 이교도 삼촌의 말을 완전히
믿을 수는 없었다. 저주병이 퍼지기 전의 인류는 비행
기를 타고 몇 시간 만에 지구 반대편까지 날아갈 수 있
었다고 했다. 그건 너무 꿈같아서 전래동화처럼 느껴지
는 이야기였다. 계속 '말도 안 돼'만 반복하던 램이 불쑥
외쳤다.

'어쩌면 다른 타운이 있는 거 아닐까?'

'다른 타운?'

'장로님들은 우리가 저주병 이후 살아남은 유일
한 인류라고 했잖아. 그런데 그게 아니라면? 사실 지구

반대편에, 아니 지구 반대편까지 갈 필요도 없이 아주 가까운 곳에 다른 타운이 있다면? 그 타운은 우리 타운보다 훨씬 크고 발전해서 비행기도 있는 거지.'

그 말에 이교는 손사래를 쳤다. 망상은 그만하고 잠이나 자자고 했다. 램은 창문을 닫기 전에 말했다. 난 그랬으면 좋겠어. 네 삼촌이 본 게 사실이면 좋겠어. 타운 밖에 정말 괴물들 말고는 아무것도 없다면, 타운이 끝이라면…… 너무 외롭잖아.

그게 램과 창가에서 나눈 마지막 대화였다. 그리고 지금, 이교는 누구보다 램의 허황된 추리가 사실이 되길 바랐다.

눈을 감고 황야에 홀로 남은 램을 상상했다. 그는 너무 울어서 눈두덩이가 둥그렇게 부었고, 옷은 삼촌을 붙잡고 늘어진 탓에 흙투성이다. 얼굴과 몸 곳곳에 난 상처에서는 새빨간 피가 비친다. 간사한 절망의 요정이 그에게 흙먼지를 뿌리며 유혹한다. 미트파이로 손을 가져가는 램. 그 순간 모래바람이 일고, 램의 머리 위로 거대한 그림자가, 비행기가 지나간다. 램은 일어나 비행기가 날아오른 방향을 본다. 그는 그곳으로 나아간다. 그렇게 한참을, 하지만 버틸 수 있을 만큼의 시간을 건너 램은 또 다른 타운에 도착한다. 그곳에서 램의 목덜미에 생긴 두 번째 입은 전혀 문제가 되지 않는다. 그곳의 모두가 두 번째 입, 두 번째 코, 세 번째 눈을 가지고 있지만 그들은 괴물이 아니다. 램도 괴물이 되지 않는다. 그곳은 타운만큼, 어쩌면 타운보다 안전하다. 모두가 램을 환영한다. 램은 그곳에서 새로운 가족을 만들어 행복하게 산다. 그러다 간혹, 아주 간혹 나를 떠올린다…….

선잠이 든 이교를 깨운 건 노크 소리였다. 어느덧 저녁 식사 시간이었다. 해가 진 방 안이 온통 어두웠다. 창밖으로 보이는 램의 집 역시 무덤처럼 고요했다. 이교는 세수를 한 뒤 부엌으로 내려갔다. 양파 수프를 가운데 두고 엄마와 아빠, 삼촌이 둥글게 모여 앉아 있었다. 이교도 의자를 빼 그 사이에 앉았다. 음식을 밀어 넣을 때 말고는 아무도 입을 열지 않았다. 식사는 빠르게, 신속히 끝났다. 엄마가 남은 수프를 싸더니 옆집에 좀 나눠주어야겠다고 했다. 이교의 옆집은 램의 집뿐이다. 원래 엄마는 옆집, 이라는 말을 쓰지 않았다. 늘 램의 집이라고 했다. 점점 램의 이름이 사라지고 있었다. 언젠가는 이교 자신도 램의 이름을 잊어버릴지도 몰랐다. 램을 다시 만났을 때 이름이 기억나지 않으면 어떡하지. 그건 정말, 너무 싫은 일이었다.

엄마가 수프를 포장하는 사이 아빠가 테이블을 치우기 시작했다. 삼촌은 다시 거실 소파에 늘어져 술을 홀짝였다. 이교는 일찍 자겠다고 말한 후 방으로 돌아와 문을 잠갔다. 창밖으로 엄마가 램의 집 문을 두드리는 모습이 보였다. 문이 열리지 않자 엄마는 수프를 내려놓고서 집으로 돌아왔다. 얼마 뒤, 옆집 문이 열리고 키가 램의 허리까지밖에 오지 않는 아이가 수프를 안으로 들였다. 램의 동생이었다. 램의 부모가 램을 홀로 황야에 내보낼 수밖에 없었던 이유였다.

이교는 조심스레 움직였다. 침대 밑에서 등산용 호크가 달린 밧줄을 꺼냈다. 침대 머리에 호크를 건 후 허리에 밧줄을 감고 창밖으로 몸을 내밀었다. 창문 옆에는 1층까지 이어지는 배수관이 있었다. 녹슬었지만 이교 한 명의 무게 정도는 버틸 수 있을 만큼 튼튼했다. 배수관을 타고서 내려온 그는 몸을 묶은 밧줄을 풀어 배출구에 묶어두었다. 돌아왔을 때 타고 올라가기 위해서였다. 그러고는 한쪽에 세워둔 자전거에 올라타 페달을 밟았다. 자전거는 이교와 램의 집이 있는 거리를 지나 점점 빠르게 달리기 시작했다. 주택가를 벗어날수록 시야가 어두워졌지만 이교는 그 어둠이 오히려 아늑하게 느껴졌다.

　　이교가 자전거로 꼬박 이십 분을 달려 도착한 곳은 램, 제로와 마지막으로 놀았던 가장자리 계곡이었다. 가장자리 계곡은 계곡이긴 하나 경사가 심하진 않았다. 주변 지대가 넓고 완만해 공을 차고 놀기도 좋았다. 이교는 물줄기가 보이자마자 자전거를 내팽개치고 윗옷을 벗어젖혔다. 계곡물에 평소보다 밝은 달이 비쳤다. 이미 늦은 시간이었다. 이 계곡에는 새끼손가락만 한 송사리들 말고는 물고기가 살지 않았으므로 찾아오는 낚시꾼들도 없다. 그래도 엄마는 늘 조심하라고 했다. 집 밖에서는 늘 조심해야 한다. 옷이 물에 젖지 않게, 옷에 음료를 쏟지 않게, 옷에 소스를 묻히지 않게 조심해. 사람들 앞에서 옷을 벗을 일이 없도록 조심해. 네 등을 다른 이들에게 보이지 않도록 조심하고 또 조심해야 한다. 네 등에 난 그것을, 넌 숨겨야만 해. 그래야 살 수 있어.

　　아마 이교가 늦은 밤 계곡에서 홀로 수영하는 걸 안다면 엄마는 기절할 것이다. 학교를 자퇴시키고 아예 집 밖으로 나가지 못하게 할지도 몰랐다. 이교는 걸리적거리는 청바지를 빠르게 벗어 던지고 물속으로 뛰어들었다. 차가운 물이 온 피부를 감싸고 눈과 코로, 귀로 흘러들었다. 등 한복판에 난 세 번째 눈이 갑작스러운 자극에 움찔거렸다. 물속에서 이교는 손을 등 뒤로 가져가 세 번째 눈을 더듬었다. 눈꼬리 옆으로 찢어진 상처와 꿰맨 흉터. 등 뒤에 달렸으므로 거울에 비추지 않으면 직접 볼 수 없으나, 그것은 분명 눈이었다. 얇은 눈꺼풀 안에, 척추와 등가죽 사이에 동그란 안구가 감춰져 있다. 엄마 말에 의하면 그것은 분명 이교의 눈이라고 한다. 엄마의 눈꼬리와 아빠의 눈동자 색을 가진 이교의 눈.

   이교의 세 번째 눈은 이교가 태어났을 때부터 함께였다. 등 한가운데에 가로로 새끼손톱보다 작은 주름이 져 있었는데, 엄마와 아빠는 물론 아이의 상태를 확인하러 온 장로들도 그것이 눈임을 알아채지 못했다. 이교는 다행히 '정상 인류'로 분류되어 엄마의 품에 남을 수 있었다. 이교보다 이 년 먼저 태어난 이교의 형은 이름을 불리기도 전에 황야에 버려졌다. 머리는 하나였는데 몸이 두 개였기 때문이었다. 엄마는 아직 핏덩이

에 불과한 이교를 단단히 받쳐 안으며 생각했다고 한
다. 같은 일을 반복하지 않겠다고. 이교만은 이 타운 안
에서 안전히 자라게 할 테다. 온전히 내 손으로 키우겠
다. 이 아이가 훗날 타운에 어떤 저주를 퍼뜨릴지라도.
그 순간 이교의 등을 받친 엄마의 손가락 안에서 주름
이 눈을 깜빡이듯 빠르게 꿈틀거렸고, 엄마는 이교를
품에 더 꽉 껴안았다.

세 번째 눈은 계속 눈을 감고 있었다. 일종의 생
존 본능이었다고 이교는 생각한다. 이교가 학교 입학
을 앞뒀을 때, 엄마는 그것을 흉터처럼 보이게 하기 위
해 일부러 양 눈꼬리에 상처를 냈다. 그것도 모자라 의
사인 아빠가 손수 눈꺼풀을 꿰맸다. 아예 안구를 적출
하는 방법도 생각했으나, 중요 신경이 모여 있는 척추
뼈에 밀접한데다 신경까지 공유한 탓에 섣불리 손댈 수
없었다. 눈을 흉터로 만드는 작업은 섬세하게, 또 단계
적으로 이뤄졌다. 그 자체로 멀쩡한 살을 찢고 훼손하
는 과정에서 끔찍한 고통이 뒤따랐다. 주변 근육과 피
부가 썩었으며 육체가 반발하듯 열이 끓었다. 이교는
오래 앓았다.

얼핏 보기에 이제 이교의 등에 난 눈은 눈이 아

닌 상처처럼 보였다. 그럼에도 엄마는 늘 불안해했다. 타운의 제1규칙에 따라 어느 날 누군가 이교를 신고할까 봐. 그리고 세 번째 눈이 아닌 네 번째, 다섯 번째 눈이 생겨나 이교를 이교가 아니게 만들까 봐. 제 손으로 핏줄을 황야에 버리는 일을 반복할까 봐.

하지만 다행히도 이교의 눈은 더 늘어나지 않았고, 교과서에서 배우는 것과는 달리 추가 변형이 일어나지도 않았다. 이교는 저주병의 초기 증상과 함께 태어났으나, 이후로 십 년이 넘도록 멀쩡했다. 이성을 잃고 피와 고기를 탐하지도, 괴물이 되지도 않았다. 한 달에 한 번꼴로 저주병 감염자가 나타나고 추방될 때마다 엄마는 이교를 단속했는데, 이교는 어느 순간부터 그 모든 게 이해가 가지 않았다. 추방당하는 이들은 대부분 이교와 같이 초기 증상이 나타난 이들이었다. 기껏해야 눈, 코, 입, 귀 정도가 얼굴이 아닌 부분에 생겨났다. 아주 간혹 꼬리뼈에 손이 자라난 이도 있었으나 그건 극히 드문 경우였으며 사실 이목구비건 손이건 무엇이 그렇게 다른가 싶었다. 중요한 건 그들의 증상은 이교와 다를 바가 없었다는 것, 그리고 이교는 십 년이 지난 지금까지도 괴물이 되지 않았다는 사실이었다. 황야에 버려진 메리도, 리브를 따라 타운을 떠난 루도, 준과 준의 딸, 삼촌을 붙잡고 울부짖던 램까지도, 어쩌면 추방당한 이들 모두가…… 괴물이 되지 않았을지도 모른다. 그저 몸에 몇 개의 눈과 몇 개의 입이 더 생긴 채로 잘 살았을지도 모른다. 목덜미에 생겨난 입은 분명히 낯설지만, 그 입이 살아 있는 이들의 목덜미를 물어뜯지 않는다면 그곳에 있지 말아야 할 이유가 뭔데.

이교는 제1규칙이 타운을 안전하게 유지한다는 말을 믿지 않았다. 학교에서 배우는 역사 역시 완전히 믿을 수 없었다. 이를 테면, 이런 이야기들.

타운사 교과서 167쪽 제2장 타운의 위기. 선지자가 죽고 삼 년 뒤 타운에 첫 위기가 닥쳤다. 자식이 저주병에 감염된 걸 숨긴 이기적인 일가족이 결국 끔찍한 괴물이 되어 정상 인류를 공격한 것이다. 이성을 잃은 그들의 모습은 가히 신의 저주를 뒤집어쓴 악마 같았다. 몸에 난 수십 개의 이빨로 사람들의 살과 뼈를 씹어 먹은 그들은 더욱 흉포해졌다. 마을을 쑥대밭으로 만들었으며 거리를 피로 물들였다. 모두들 겁에 질려 타운의 끝을 예상하는 와중에 당시 문지기장이었던 장로 나침이 (와! 교장 선생님이다!) 수류탄을 던져 용감하게 그들을 물리쳤다. (와! 영웅이다!) 괴물이 된 일가족의 머리는 타운의 문 앞에 걸렸다.

타운 역사박물관의 제3전시실에 가면 괴물의 변형된 다리뼈와 당시 사용한 수류탄을 볼 수 있답니다. 하나의 무릎뼈 아래로 수십 개의 다른 다리뼈들이 자라난 흉측한 모습이죠. 수류탄은 모델39 그라나데로, 구인류가 제2차 세계대전에서 가장 많이 사용한 무기 중 하나랍니다.

학교에서 이 이야기를 들은 날 이교는 엄마와 아빠의 머리가 문에 걸리는 꿈을 꿨다. 집 안에 수류탄이 떨어졌고, 뚫린 지붕 사이로 자신의 팔과 다리가, 눈알이 비처럼 쏟아졌다. 소리를 지르며 깨어났을 땐 새벽이었다. 답답한 마음을 가라앉히기 위해 창문 앞에 섰더니 아직 램이 깨어 있는 게 보였다. 이교는 창문을 두드려 램을 불렀다. 램이 문을 열고 얼굴을 내밀었다. 무슨 말이라도 해야 할 것 같은 날이었다. 몸의 비밀을, 세 번째 눈을 램에게 보여줄 수는 없겠지만 그래도 무슨 말이든 하고 싶었다. 집에 문지기인 삼촌이 들어와 함께 살게 된 이후로 엄마는 더욱 예민해졌다. 집 밖에서도 안에서도 긴장을 놓을 수 없는 나날이었다. 숨구멍이 필요했다.

'오늘 역사 시간에 배운 이야기 어때?'

램은 잠시 고민하다 답했다.

'거짓말 같아.'

'거짓말? 왜?'

그 말에 심장이 뛰었다. 이교는 숨을 죽이고 램의 답을 기다렸다.

'교장이 영웅이라니, 웃기잖아. 직접 교장실 청소 한번 안 하는 인간이 영웅은 무슨. 그리고 원래 옛날이야기는 과장되기 마련이야. 혹시 알아? 저주병에 걸렸다는 일가족이 사실은 별로 안 무시무시했을지.'

'안 무시무시?'

'옛날부터 생각한 건데 저주병이란 거 그냥 생긴 거만 무섭게 변하는 병일 수도 있는 거 아니야? 뭐, 나는 타운 안에서만 자랐고 중증 감염자를 본 적은 한번도 없지만 그건 대부분의 타운인들도 마찬가지잖아. 그런데 어른들한테 이런 말하면 엄청 화내. 꼭 그들이 나쁘길 바라는 것 같아.'

램의 그 말은 늘 비닐을 한 겹 뒤집어쓰고 사는 듯한 이교에게는 숨구멍과 같았다. 그날 이후로도 램은 이교에게 종종 자신의 상상력을 들려주었고, 이교는 즐겁게 들었다. 램의 말을 듣고 있으면 꼭 타운의 규칙 같은 건 별거 아닌 것처럼 느껴졌다. 함께 수영을 한 적은 없었지만 유난히 별이 많이 뜬 날이면 자전거를 타고 가장자리 계곡에 갔다. 같이 누워서 타운의 밖에 대해 이야기를 나눴다. 아직 그에게 등을 보여줄 수는 없었으나, 이교는 램이라면 언젠가 세 번째 눈을 보여줘도 괜찮을 것 같다고 생각했다.

내 등에 난 눈을 봐. 이 눈은 날 때부터 나와 함께했어. 모두들 이것이 감염의 흔적이라고, 신의 저주이며 인간이 인간이 아니게 되는 시발점이라고 말하지만 나는 여전히 나야. 나는 널 뜯어 먹지도 않을 거고 사람들을 공격하지도 않아. 성적도 괜찮고 학교도 성실히 다니고 있어. 내가 저지르는 일이라곤 가끔 지각을 하는 게 전부야. 나는 단지 뒤를 볼 수 있는 눈을 하나 더 가지고 있을 뿐이야.

하지만 끝내 보여주지 못했다. 보여주기는커녕 두 번째 입이 생겼다는 이유로 끌려 나가는 그를 붙잡지도 못했다. 이교는 모른 척했다. 방에 틀어박혀 세 번째 눈을 꽁꽁 숨겼다. 사실은 그를 따라 나가고 싶었다.

용기가 조금만 더 있었다면, 어른들 앞에서 등을 보이고 램과 함께했을 것이다. 그랬다면 그것은 추방이 아닌 모험이 될 수도 있었을 텐데. 아직도 이교의 침대 옆에는 급하게 싼 캐리어가 먼지에 뒤덮인 채로 놓여 있었다. 그 자리에, 그대로.

이교는 계곡물 속에서 오랫동안 숨을 참고 있었다. 달빛이 워낙 밝아 물속은 생각보다 어둡지 않았다. 따끔거리는지 꿰매진 눈이 눈꺼풀을 움찔거리는 게 느껴졌다. 이교는 숨을 참을 수 있을 때까지 참았다가 물 밖으로 얼굴을 내밀었다. 부족한 산소를 황급히 들이마시느라 폐가 팽창했다 줄어들기를 반복했다. 겨우 원래 호흡을 되찾았을 때였다. 여전히 물에 몸을 담근 채 하늘을 보는데, 어떤 별 하나가 유난히 밝게 빛났다.

"어, 움직인다."

별은 빠르게 움직이고 있었다. 그것도 모자라 점점 가까워졌다. 별똥별은 아니었다. 그것보다는 훨씬 선명했으며 크기도 커다랬다. 어떻게 보아도 인공적인 붉은색 불빛이 다급히 깜박였다. 무엇보다 떨어지는 모양새가 달랐다. 불쑥 비행기를 보았다는 삼촌의 말이 머리를 스쳤다. 에이, 설마.

얼굴에 물을 끼얹고, 눈을 비비고, 스스로 뺨을 때리기까지 했지만 하늘의 기묘한 형체는 사라지기는커녕 점점 더 모습을 분명히 드러냈다. 구인류 사료를 통해 보았던 비행기와 엇비슷한 형체임을 알아볼 수 있게 되었을 때, 비행기는 갑자기 방향을 틀었고 위태롭게 이쪽에서 저쪽으로 빙글빙글 돌더니 포물선을 그리며 추락했다. 황야의 어딘가에 떨어진 듯 폭죽 터지는 듯한 소리가 났다. 이교는 체온이 떨어지는 것도 잊은 채 물속에서 굳어 있었다. 구시대의 유물이 추락하는 장면을 목격했다. 혹시 외계인일까? 그쪽이 더 현실성 있는 것 같았다. 하지만 믿을 수 없는 일은 그게 끝이 아니었다.

비행기가 추락한 하늘에, 흰색 천이 나풀거렸다. 넓게 펴진 천에 매달려 흔들리는 것은 사람처럼 보였다. 고전 영화에 나오는 낙하산처럼 말이다. 타운 밖에 추락한 비행기와는 달리, 사람은 바람을 타고 계곡으로 가까워졌다. 이교가 눈을 크게 뜨고서 어라, 어라…… 하는 사이 낙하산은 계곡의 절벽을 타고 상류에 안착했다.

이교가 있는 지점에서 불과 100미터도 채 되지 않은 거리였다. 거대한 흰 비닐 아래로 기척이 느껴졌다. 이교는 물에서 나와 하늘에서 떨어진 정체불명의 물체 앞으로 다가갔다. 지구에 남은 정상 인류는 오직 타운인이 전부라고 배웠다. 타운 밖에는 식인 괴물이 된 감염자들뿐이라고. 그럼 방금 추락한 비행기는, 또 비행기에서 낙하산을 타고 내려온 이건 뭐야?

이성은 지금 당장 장로의 집으로 달려가 이 수상한 존재를 신고하라고 외쳤지만, 이교의 발은 착실히 앞으로 나아갔다. 조심스레 비닐천의 끝자락을 붙잡아 들어 올리자 안쪽에 쓰러져 있던 누군가가 보였다. 이교는 천을 마저 걷어냈다. 그에 인영도 바닥을 더듬으며 상체를 일으켜 세웠다. 모습을 드러낸 것은 램처럼 둥근 이마를 가진 감염자였다.

"아, 죽는 줄 알았네. 도와줘서 고마워. 휴대폰 있으면 조난 신고 좀 해줄래?"

자연스레 헬멧을 벗는 손등에 큼지막한 두 눈이 박혀 있었다. 땀과 흙에 젖은 앞머리를 쓸어 올리자 깨끗하고 둥근 이마에 세로로 박힌 눈이 깜빡였다. 이물질이 들어간 듯 맑은 눈물이 콧잔등을 타고 흘러내렸다. 분명 감염자다. 이교는 뒷걸음질 쳤다. 사정없이 떨리는 몸이 공포 때문인지 추위 때문인지 구별이 가지 않았다. 높은 곳에서 떨어졌는데도 멀쩡해 보이는 여자는 그런 이교를 이상하다는 듯이 훑으며 말했다.

"뭐야? 휴대폰 없어? 아니, 그보다……."

여자가 큰 보폭으로 다가왔다. 계속 뒷걸음질 치던 이교는 더 이상 물러날 곳이 없다는 걸 깨달았다. 한 걸음 뒤는 계곡이었다. 어쩌면 감염자에게 산 채로 물어뜯기는 것보단 물속에서 익사하는 게 나을 수도, 까지 생각했을 때 여자가 불쑥 팔을 뻗어 이교의 어깨를 붙잡았다.

"너 설마 구인류야?"

그와 동시에 이교의 몸을 돌려세웠고, 이교는 겁에 질린 채 그를 뿌리치고 계곡으로 뛰어들었다. 어, 어? 그를 따라 당황한 감염자도 함께 몸을 던졌다. 이교는 그 뒤로 자신에게 벌어진 일을 도무지 이해할 수 없었다. 그건 타운인인 이교의 상식으로는 일어날 수 없는 일이었다. 뼛속까지 얼어붙게 만드는 냉기가 전신을 감싸자 순간 죽음에 가까워진 듯한 기분이 들었다. 다짜고짜 계곡으로 도망쳤지만 별다른 대책은 없었고, 너무 놀란 탓인지 다리에 쥐까지 나고 말았다. 이교는 헤엄치지 못하고 버둥거렸다. 엎친 데 덮친 격으로 발목에 질긴 수초가 엉켰다. 몸을 움직일수록 수초는 더욱 단단히 이교의 발목을 조여왔다. 이대로 익사인 걸까 싶은 순간, 불시에 몸이 자유로워졌다. 뒤따라 물에 뛰어든 감염자 아이가 엉킨 수초를 풀어준 것이었다. 그러고는 이교의 허리를 붙잡고 물 위로 헤엄쳐 나갔다.

지금 이교는 물에 젖은 감염자와 함께 계곡의 바위에 널브러져 숨을 몰아쉬는 중이었다. 감염자가 분명한 여자아이가 이교를 구했다. 헤엄도 치고 말도 한다. 심지어 모든 단어를 알아들을 수는 없지만 말이 통하기까지 한다.

체력도 좋은지 먼저 몸을 일으킨 여자아이가 이교의 몸을 냅다 뒤집었다. 그가 등 가운데의 세 번째 눈을, 흉터를 보고 있다는 걸 이교는 알 수 있었다. 도망치듯이 일어나 옷을 주워 입었다. 다시 물속으로 뛰어들어 숨고 싶은 기분이었다. 심장이 터질 것처럼 뛰었다.

"구인류인 줄 알았는데 아니었네. 그런데 눈은 왜 꿰맸어? 다친 거야? 아니면 미용?"

"구인류가 뭐야? 네가 무슨 말을 하는지 전혀

모르겠어."

"구인류가 뭔지 몰라? 그럼 신인류가 뭔지도 몰라?"

여자아이는 양손을 들어 자신의 손등을 보이더니, 당당히 말했다.

"내 손등과 이마의 눈, 그리고 네 등의 눈. 너랑 내가 바로 신인류잖아. 진화를 거부하거나 실패한 이전 세대 인류가 바로 구인류고."

*

와, 구인류들끼리 모여 사는 타운이 몇 개 있다고는 들었는데 정말일 줄이야. 대박이다. 자신을 람이라고 소개한 아이는 눈을 반짝이며 말했다. 람은 막 성인이 된 기념으로 부모님이 뽑아주신 중고 소형기를 타고 비행 여행 중이었는데, 서부에서 동부로 이동하는 과정에서 비행기가 말썽을 일으켰다고 했다. 이교는 람의 말을 무엇하나 제대로 이해할 수 없었다. 동부는 어디고 서부는 어디를 말하는지, 비행 여행은 무엇이며 소형기를 뽑아줬다는 말은 뭔지. 이교는 샘솟는 질문들

을 억누르고 제일 궁금한 것들을 먼저 묻기로 했다.

"타운 밖에는 뭐가 있어? 타운이 몇 개 있다는 말은 뭐야?"

"너 진짜 아무것도 모르는구나. 타운마다 분위기가 다르다더니 여기는 좀 야만적이네. 어쨌든, 물어보니까 답하는 거지만 타운 밖에는 당연히 도시가 있지. 너네가 감염자라고 부르는 신인류들의 도시 말이야. 제일 가까운 대도시가 엘에이려나?"

"거기 뭐가 있는데?"

"뭐가 있긴, 다 있지! 물건도 사람도 비행기도 차도 없는 게 없어."

"괴물은 없어?"

"괴물?"

람은 이교를 빤히 응시하더니 얼굴을 점점 일그러뜨렸다. 그러고는 입을 틀어막고 외쳤다.

"너 설마 세 번째 눈 숨기려고 일부러 꿰맨 거야? 하필 도망친 포비아들의 타운에 떨어지다니……."

"알아듣게 말해줘. 혼자 중얼거리지 말고."

람의 말에 의하면, 이교가 학교에서 배운 내용은 어느 정도까진 사실이었다. 그러니까, 빙하가 녹아

괴이한 병이 퍼져나갔을 때까지. 둠스데이는 실재했으며 2066년 6월 6일, 저주병의 첫 감염자가 발생했다. 학교에서 배운 것과 다른 점은, 스무 명의 사상자를 내고 총살당했다는 첫 감염자가 실제로는 십이 개월의 격리와 지속적인 관찰을 거듭했지만 별다른 공격성이 관측되지 않아 가족의 품으로 돌아갔다는 것이다. 생물학자였던 그는 아흔 살까지 무병장수했으며 이후 신인류학의 발전에 크게 이바지했다.

확산 초기에 문제가 되었던 건 병 자체가 아닌 감염자를 향한 공포 여론이었다. 신체가 빠른 시간 안에 극단적으로 변하는 증상은 저주병이라고 불리면서 무수한 가짜 뉴스를 만들어냈다. 실제로 그 병은 단지 신체가 낯설게 변한다는 것 이외에는 생명이나 식성, 공격성에 영향을 전혀 주지 않았으나 사람들은 감염자들을 괴물이라 부르며 꺼려했다. 다르게 생겼다는 이유로 세계 곳곳에서 끔찍한 사건이 벌어졌고, 감염자들은 억울하게 죽어나갔다. 항간에서는 오래전에 나병 환자들을 대했던 것처럼 감염자 모두를 철저히 격리해야 한다는 의견도 있었다.

"하지만 그거 알아? 결국 중요한 건 시간과 쪽

수야. 누가 다수를 차지하느냐."

첫 감염자가 나온 지 일 년 만에 감염자가 증폭했다. 전 지구인의 50퍼센트가 넘는 비율이 신체 변형을 겪자 여론은 서서히 바뀌기 시작했다. 사람들은 당사자가 되고서야 인류를 위하는 척 공포를 조장하던 그 수많은 목소리들이 거짓이었음을 깨달았다.

강대국의 대통령도, 할리우드 배우와 유명 팝 가수도, 아이돌과 정치인도, 가족과 친구와 연인 들도 신체 변형을 겪었다. 사람들은 점차 적응해갔다. 물론 초기에는 심리적인 충격을 견디지 못하고 극단적인 선택을 하는 이들도 적지 않았지만 그 비율 역시 조금씩 줄어들었다. 변형된 신체를 숨기지 말고 당당히 드러내자는 움직임이 일었다. 팔이 네 개인 사람들을 위한 옷이 디자인되었고, 다리가 세 개이거나 하나인 사람들을 위한 하의가 출시되었으며, 변형된 신체에 대한 본격적인 연구가 이루어졌다. 어느 순간부터 거리에 나가면 감염되지 않은 자들의 수보다 감염자들의 수가 많았다. 신체 변형자의 비율이 전 세계 인구의 87퍼센트에 달했을 때, 사람들은 이 범세계적인 증상을 질병이 아닌 진화라고 명하기 시작했다. 인류의 형태는 성별과 인종을 넘어 더욱 다양해졌고, 미의 기준 역시 다시 정립되었다. 사람들은 어떤 타인도 자신과 완전히 같지 않다는 걸, 또 완전히 다르지도 않다는 걸 받아들였다. 단지 시각적인 낯섦을 넘어서자 새로운 세계가 펼쳐진 것이다.

"물론 이 급격한 흐름을 따라가지 못했던 이들도 있었지. 대부분은 변이를 겪지 않은 구인류였어. 신인류들과 함께 변화한 세상에 적응해서 살아가는 이들이 훨씬 많았지만 견디지 못한 이들은 도시를 떠났어. 비슷한 사람들끼리 모여 신인류들이 닿지 않는 곳, 인적이 드문 황야나 버려진 땅에 자기들만의 마을을 만들었지. 그게 타운이야."

람은 콧잔등을 찡그리며 덧붙였다. 여러 행정상의 문제 때문에 어떤 국가도 책임지지 않고 방치 중이지만. 그러고는 이교를 향해 훅 얼굴을 붙여왔다. 이마의 세 번째 눈이 부지런히 눈알을 굴리며 이교의 이곳저곳을 훑었다. 람이 속삭이듯 말했다.

"사실 이 근방은 비행이 금지된 구역이거든. 내가 모험심에 객기 부린 거야. 아, 비행기 고장난 거 알면 엄마한테 혼날 텐데. 그보다 정말 휴대폰 없어? 휴대폰 없이 어떻게 살아?"

재난 같은 배신감이 이교를 덮쳤다. 애초에 괴물 같은 건 없었다고. 그렇다면, 언제 괴물이 될지 무서워서, 추방당할까 두려워서 평생을 숨 막히게 산 자신과 가족은 뭐지? 추방자들을 황야에 떨어뜨리고 혼자 돌아오는 죄책감에 알코올중독자가 되어버린 삼촌은? 독이 든 파이와 함께 추방당한 사람들은? 괴물이 되기 두려워서 그 파이를 먹은 이들은? 그리고 램은?

그 순간 이교가 소리를 지르거나 구토하거나 도망치지 않고 정신을 붙잡을 수 있었던 건 그 모든 이야기가 너무 단기간에 쓰나미처럼 밀어닥친 나머지 폐허를 직시하는 데 시간이 필요했기 때문이었다. 너무 많은 정보량에 혼미하기까지 했다. 어찌됐든 이교는 아직 타운 안에 있었다. 이교와 이교 주변의 모두가 보고 자란 세상의 전부는 오로지 타운이었다. 그런 타운을 부정하기 위해서는 단순히 말을 넘어서는 것이 필요했다. 이교는 람과 처음 눈이 마주쳤을 때와는 다른 종류의 두근거림을 느꼈다. 공포나 호기심을 넘어서는 어떤 동력이 발생해 이교의 심장을 움켜쥐었다. 이교의 앞에 앉아 있는 건 신기루나 환상이 아닌 분명히 존재하는 외부인, 타운의 침입자였다. 람의 존재가 바로 이교에게 한 발을 내딛을 근거가 되어주었다. 그 모든 이야기의 끝에, 이교는 한 가지 목표를 떠올렸다. 그는 람을 붙잡고 물었다.

"넌 돌아갈 거지?"

다섯 개의 눈이 동시에 깜빡였다. 람은 무슨 당연한 소리를 하냐며 코웃음 쳤다.

"혹시 비행하면서 타운 근처에 내 또래 남자애 본 적 없어?"

"비행기에서 사람 머리통이 보이겠니? 아, 안 타봐서 모르겠구나."

"램을 찾아야겠어."

그리고 람을 바라보며 말했다.

"나도 같이 나갈래."

잠시 뜸을 들이던 람은 알 바냐는 듯이 뚱하게 답했다.

"뭐, 그러든가."

그때였다. 람이 불쑥 조용히 하라는 듯이 검지를 입술 앞에 세웠다. 이교는 바람을 타고 들려오는 소리에 귀를 기울였다. 당연하고 편안한 백색소음의 틈새로 이질적인 무언가가 섞였다. 나뭇잎이 스치는 소리,

계곡의 물소리, 작은 새 혹은 짐승의 울음소리, 그리고
탁, 탁, 탁, 탁…… 점점 멀어지는 발소리. 빨아지다 끝
내 사라진 기척을 따라 심장 박동이 반응했다. 얇은 가
슴팍을 뚫고 붉은 살덩이가 튀어나올 것만 같았다. 이
교는 조심스레 일어나 맨 처음 기척이 느껴졌던 수풀
안쪽으로 향했다. 작게 반짝이는 물체가 눈에 띄었다.
이교는 그것을 주워들어 달빛에 비추어 보았다. 배지였
다. 테두리가 매끄러운 금빛의 우수 학생 배지. 제로가
자랑스럽게 가방끈에 매달고 다니는 물건이자, 신고자
에게 주어지는 상이었다. 이교는 배지를 주머니에 집어
넣었다. 등에 난 세 번째 눈이 잘게 경련했다. 등뼈와 살
가죽 사이에 있는 작은 안구가 데룩데룩 굴렀다.

　　　방에 돌아왔을 땐 등교가 세 시간도 채 남지 않
은 때였다. 이교는 물에 젖은 옷가지를 빨고서 침대에
걸터앉았다. 침대 머리맡에 방치되어 있던 캐리어를 바
닥에 눕혀 열었다. 안에 든 것은 몇 개의 옷가지와 부모
님 몰래 숨겨둔 비상식량, 그리고 삼촌의 방에서 훔친
술 한 병과 램과 함께한 사진 몇 장이 전부였다. 이교는
그것들을 전부 빼내고 처음부터 다시 차곡차곡 짐을 싸
기 시작했다. 나침반과 호신용 손도끼도, 침낭도 넣었

다. 수건에 물을 묻혀 먼지 쌓인 캐리어 표면을 닦자 결심이 명확해지는 기분이 들었다.

　삼촌이 램을 버리고 온 그 지점에 미트파이와 콜라 캔이 아직 남아 있는지 직접 확인할 거다. 그대로 남아 있다면, 혹은 그곳에 아무것도 없다 해도 램을 찾아 나설 거다. 무엇이 진실인지 판단하기 위해서는 직접 보고 겪어야 한다. 이 곳에서 평생을 추방당할까 두려워 떨 바에는, 저 밖에 무엇이 있는지 두 눈으로 확인하겠다. 그러다 언젠가 램을 만나면 꼭 알려줘야지.

　램, 네 말이 맞았어. 타운 밖에는 다른 타운이 있대. 그런데 그거 알아? 우린 사실 타운에 갈 필요가 없어.

　그다음 옷을 걷어 등에 박힌 눈을 보여줄 것이다. 하고 싶은 말도 전부 생각해뒀다.

　나도 너와 같아. 우린 괴물이 아니야.

*

　학교에 가기 전, 이교는 엄마 몰래 양파 수프를

챙겨 계곡에 들렀다. 폭포 안쪽 동굴에 숨어 있던 람은 배가 많이 고팠는지 단숨에 수프를 비웠다. 람을 집으로 데려가기는 힘들었다. 대신 이교는 먹을 것과 난방 용품을 가져다주었다. 간밤에는 정신이 없어 몰랐는데 밝을 때 보니 추락할 때 생긴 상처가 눈에 띄었다. 이교는 하교 후에 약을 챙겨 다시 와야겠다고 생각했다. 람이 배를 두드리며 말했다.

"생각해보니까 굳이 조난 신고를 할 필요도 없더라. 비행기에 GPS가 있으니 추락한 지점으로 곧 보험사가 올 거야. 거기까지만 가면 돼."

"타운에서 나가는 방법은 두 가지야. 네가 떨어진 협곡 절벽을 타고 넘어가거나, 문지기가 있는 문으로 나가거나."

이교는 람이 몸을 숨긴 절벽을 가리켰다. 타운을 반달처럼 둘러싸고 있는 절벽이었다. 경사가 얕아도 계곡은 계곡이다. 계곡의 상류에는 폭포가 있었고, 물살은 꽤 거셌다.

"보다시피 절벽을 오르려면 장비가 있어야 해. 떨어지면 개죽음당할 수도 있어."

"그럼?"

"우리는 문으로 나갈 거야."

이교는 람을 향해 말했다.

"내가 널 무사히 문으로 나가게 해줄게. 대신 너도 내 부탁 하나만 들어줘."

"뭔데?"

"친구를 찾고 싶어."

람은 밖으로 나가면 생각해보겠다며 뜸을 들였지만, 이교는 멋대로 수긍의 의미로 받아들였다. 지금 아쉬운 건 람이다. 절벽으로 둘러싸인 타운은 폐쇄적이며, 장로들이 어디까지 알고 또 어디까지 숨기는 건지는 모르겠지만 감염자를 향한 공포와 혐오만큼은 진짜였다. 이교는 람에게 마을로 나오지 말라고 신신당부한 후 계곡을 벗어났다. 아마 어제 계곡에 왔던 건 제로였을 것이다. 람의 이마에 난 눈이든 이교의 등에 꿰매진 눈이든, 제로는 무언가를 목격했다. 그러니 도망쳤겠지. 평생을 숨기며 살아왔는데 이렇게 허무하게 들키게 될 줄은 몰랐다. 제로가 장로를 찾아간다 한들 그를 막을 수는 없을 것이다. 제로는 타운의 제1규칙을 따를 뿐이니까.

이교는 자신이 어떤 결정의 순간에 놓였음을 깨

달았다. 보이지 않는 거대한 신이 자신의 목덜미를 붙잡아 갈림길 앞에 내려놓은 기분이었다. 그토록 전전긍긍하며 숨겨온 비밀이 심판을 앞두고 있었다. 이 앞에 펼쳐질 미래를 이교는 충분히 정교하게 상상할 수 있었다. 제로의 입을 통해서든 스스로 고백하든 그 결과는 같았다. 이제 더 이상 타운은 이교의 둥지가 아니었다. 아니, 이제 와서 보니 타운은 단 한 번도 둥지였던 적이 없었다. 실제 둥지가 아닌 둥지인 척하는 패널에 불과했다. 이교는 주머니의 배지를 만지작거렸다. 눈앞의 갈림길이 결국 하나로 이어진다는 걸 받아들인 그는 간밤의 결심을 되새겼다.

만반의 각오와 함께 등교했지만, 이교는 제로를 만날 수 없었다. 담임 선생님이 제로가 독감에 걸렸다는 소식을 전했다. 이교는 믿지 않았다. 하교 후 제로의 집에 들렀지만 역시 몸이 안 좋아 아무도 만나고 싶지 않다는 답변이 돌아왔다. 제로 엄마의 반응을 보니 아직 이교에 대해서는 아무것도 모르는 듯했다. 이교는 의아했다. 제로에게도 시간이 필요한 걸까?

이교는 집에서 먹을 것과 약을 챙겨 다시 계곡으로 갔다. 람은 조난당한 와중에도 꾸벅꾸벅 잘도 졸았다. 어쩐지 깨우기가 미안해 한참 동안 람의 옆에 앉아 있었다. 눈앞에 제로, 그리고 램과 계곡에서 함께했던 풍경이 스쳐 지나갔다. 그렇게 오래전도 아니건만 전생처럼 까마득한 기억이었다. 언제 깬 건지, 람이 여전히 눈을 감은 채로 물었다.

"그런데 정말 괜찮겠어? 넌 여기가 집이었잖아. 네 가족도 여기에 있고."

지난밤 내내 고민했다. 부모님께 람에게 들은 이야기들을 모두 고백하고 함께 떠나자고 말하는 건 어떨까. 하지만 이교는 어렴풋이, 모든 일이 벌어졌을 때 엄마와 아빠의 반응을 떠올릴 수 있었다. 그들은 떠나지 않을 것이다. 만약 타운 밖으로 나간다면 평생을 믿은 타운의 논리를 부정하는 게 되니까. 타운의 논리를 부정하면 황야에 버려진 아들의 죽음이 아무 의미 없다는 걸 인정해야 하니까. 타운 안에서 한시도 마음을 놓을 수 없었던 이교지만 가족과의 이별만큼은 그에 못지 않게 두려웠다. 타운을 떠나서 내가 버틸 수 있을까? 하지만 어떤 가능성을 발견한 이상 이 안에 고여 있을 수만은 없다고 그는 생각했다. 완벽한 선택지 같은 건 존재하지 않는다. 차라리 같이 추방당하면 좋을 텐데. 이교

는 중얼거렸다. 람이 무슨 말이냐고 물었다. 이교는 그
제야 람에게 탈출 계획을 전했다. 딱히 대단할 것 없는
계획이었다.

"아마 곧 내 친구가 나를 신고할 거야. 타운의
어른들이 모이겠지. 그럼 나는 세 번째 눈을 보여줄 테
고, 추방될 거야. 우리 삼촌이 바로 감염자를 내치는 문
지기거든. 넌 삼촌 차 트렁크에 몰래 들어가 있기만 하
면 돼. 간단하지?"

"정말 그러네."

"혹시 파이가 있어도 먹으면 안 돼. 독이 들어 있
거든."

람이 웩, 소리를 내고는 질색하며 말했다. 자살
하라고 주는 거야? 야만적이야. 이교는 그 말을 따라 해
보았다. 맞아, 야만적이야. 그러니까, 평생을 어찌할 수
없는 최선이자 배려라고 믿고 살아왔던 규칙이 그저 야
만이었다니. 이교는 람을 바라보며 대꾸했다.

"진짜…… 어이없다."

다음 날도, 그다음 날도 제로는 나오지 않았다.
이교는 그사이에 차근차근 준비를 해나갔다. 삼촌의 트
렁크에 미리 캐리어를 옮겨두었고, 람이 숨어 있을 공

간을 만들기 위해 청소도 했다. 가족들과 식사하면서는
일부러 밝은 척을 했다. 해맑게, 농담에 불과한 척 물었
다. 내가 어느 날 갑자기 타운을 떠나면 어떨 거 같아?
엄마와 아빠는 마네킹처럼 굳었다. 그들에게서 흘러나
올 말을 기다렸지만, 침묵만이 이어졌다. 한참 뒤에 입
을 연 엄마가 학교에서 무슨 일 있었니? 하고 떨리는 목
소리로 물었을 뿐이다. 이교는 아무것도 아니라고 답했
고, 그 순간 부엌 입구에 등을 기댄 채 술병을 든 삼촌
과 눈이 마주쳤다. 삼촌은 말했다.

"타운을 떠날 거면 나에게 먼저 말해. 내가 데려
다줄 테니까."

이교는 가족들에게 전할 편지를 쓰기로 했다.
죽음을 예견하고 쓰는 게 아니니 유서는 아니었다. 남
은 가족들이 어떻게 받아들일지는 모르겠지만. 이교는
자신이 알게 된 것들, 결심한 것들, 그간의 의심과 평생
을 함께했던 불안과 부유감에 대해 썼다. 학교와 집에
서 남는 대부분의 시간을 편지를 쓰는 데 썼다. 그러고
나니 조금 후련한 기분이 들었다. 훗날 이 편지를 읽은
어른들이 어떻게 행동할지 궁금했으나, 아마 자신은 그
때 이미 멀리 가 있을 것이다.

하지만 결심을 했다 한들 닥쳐올 일들이 두렵지 않은 것은 아니었다. 제로가 등교하지 않은 그 이틀은 흡사 폭풍 전야 같았다. 교실 문이 열릴 때마다 방독면을 뒤집어쓴 장로가 쳐들어오는 환상을 보았다. 차라리 먼저 찾아갈까 싶은 생각도 들었다. 그렇게 하지 않은 것은, 이별의 순간을 조금이나마 미루고자 하는 마음도 있었지만 친구였던 제로를 마지막으로 보고 싶기 때문이었다. 이교는 친구들을 사랑했다. 무슨 일이 벌어졌다 한들 함께한 시간과 즐거웠던 기억이 사라지는 건 아니었다. 사람의 심장과 머리는 그런 식으로 간단히 조작할 수 없다고 이교는 믿었다. 그는 타운 역시 믿었고, 그만큼 사랑했기에 떠날 수밖에 없는 것이었다.

제로가 다시 등교한 것은 계곡의 일이 있고 사흘 만이었다. 제로는 심한 몸살이라도 앓은 듯 양 볼이 쏙 파인 채로 돌아왔다. 수업 시작 전, 이교는 제로가 교장실 앞에서 얼쩡거리는 모습을 보았다. 원망하는 마음은 들지 않았다. 때가 다가오고 있었다. 빠르면 오늘 저녁, 늦으면 내일 낮. 이교는 제로의 책상으로 다가갔다. 탁한 안색의 제로가 고개를 들어 이교를 바라보았다. 이교가 팔을 뻗어 배지를 건넸다. 손바닥 위의 배지를 응시하던 제로가 눈물을 터뜨렸다.

"나, 그날 다 봤어. 계곡에서."

"응, 알아."

"하지만 아무한테도 말하지 않았어."

"교장실에 갔었잖아."

"응. 앞에 갔지만 들어갈 수 없었어. 앞으로도 말 안 할 거야. 램을 신고한 것도 후회해. 친구를 두 번이나 잃기는 싫어."

제로의 울음소리가 점점 커져갔다. 교실의 모두가 이쪽을 바라보았다. 당황한 이교는 양팔을 벌려 제로를 가두듯이 껴안았다. 무슨 말이든 해야 할 것 같았다. 허나 자신의 입에서 무슨 말이 튀어나올지 이교 역시 알지 못했다. 그는 람을 떠올렸다. 람의 이야기와 함께 태어난 어떤 동력에 몸을 맡기자 자신의 안에서 흘러나오는 목소리를 들을 수 있었다. 이교는 제로의 귀에 속삭였다.

"괜찮아, 내가 황야에서 램을 찾아낼 거거든. 우리는 무사할 거야."

마지막 수업을 끝내고서 이교는 곧장 교장실로 향했다. 마침 교장실에는 타운의 열두 장로가 모여 티

타임을 가지는 중이었다. 나침이 머그잔을 흔들며 의아한 눈으로 아는 척을 해왔다. 이교는 그대로 교장실 한복판에 가방을 떨어뜨렸다. 두 개의 눈과 하나의 코, 두 개의 귀와 한 개의 입을 가진 장로들이 모두 같은 표정을 지으며 이교를 주목했다.

본래는 셔츠 단추를 하나씩 풀어 등을 내보일 생각이었다. 그런데 손이 정처 없이 떨려 단추 한 개를 푸는 데 너무 오랜 시간이 걸렸다. 점점 커지는 웅성거림과 비웃음, 교장실에 가득한 탁한 공기와 스스로의 굼뜸을 참을 수 없었던 이교는 결국 단번에 교복 셔츠를 들춰 올렸다. 그리고 스물네 개의 눈동자 앞에 자신의 세 번째 눈을 내보였다. 지난밤에 람이 실밥을 끊어주어 자유로워진 눈꺼풀은 흉터와 피딱지를 장식처럼 달고서 막 피어난 새싹처럼 싱그럽게 존재감을 드러냈다. 눈꺼풀이 느리게 깜빡였고, 엄마의 눈꼬리와 아빠의 눈동자 색을 닮은 눈동자가 존재를 각인시키듯 스물네 개의 눈동자와 하나하나 마주했다.

1초. 죽음과도 같은 적막이 내려앉았다. 2초. 시간이 멈추기라도 한 것처럼 그들은 꼼짝도 하지 않았다. 3초. 4초. 5초. 누군가 찻잔을 깨뜨렸다. 그 파열음이 신호라도 된 것처럼 교장실은 순식간에 난장판이 되었다. 장로들은 코와 입을 가리고 비명을 지르며 책상 밑으로, 의자 밑으로 숨어들었다. 소란을 듣고 찾아온 경비가 이교에게 마취 총을 겨눈 채 자경단을 호출했다. 학교는 폐쇄되었다. 얼마 지나지 않아 타운 전체에 사이렌이 울려 퍼졌다.

'사이렌이 울리면 내가 준 모자와 장갑으로 눈을 가리고 마을로 내려와. 감염자가 발생했다는 신호거든. 그럼 폐쇄령이 내려져서 거리에 사람이 없어. 그다음 우리 집 차고로 가서 트렁크에 들어가면 돼.'

이교는 지금껏 꿔본 적 없는 꿈과 함께 눈을 감았다.

*

심판은 원시적이었다. 이교는 친근하고 인자한 이웃들 앞에 몸을 내보였다. 많은 이들의 눈물과 비탄과 저주가 쏟아졌다. 지혜로운 장로들이 이교의 세 번째 눈이 얼마나 끔찍하고 간사한지 이야기했다. 그들은 이교가 세 번째 눈을 오랜 시간 숨겼다는 사실에 분노

했다. 하지만 아무도 그 시간 동안 이교가 평범한 이웃이었다는 사실에는 주목하지 않았다.

　　판결은 모두의 예상과 같았다. 엄마는 이교와의 마지막 밤에 속삭였다. 네가 원했으니 먼저 가봐. 나도 곧 가마.

*

　　삼촌과의 첫 드라이브였다. 손에는 수갑이 채워져 있었다.

　　"램을 내려준 곳에 저도 내려주세요."

　　방독면에 가려져 삼촌의 표정은 볼 수 없었다. 그가 또 며칠 동안 술을 퍼마시겠다는 생각이 들었다. 그렇게 많이 마시면 안 좋을 텐데. 삼촌이 처음부터 돌아가신 할아버지처럼 술을 많이 마셨던 건 아니었다. 아마 작년 이맘때쯤부터였을 것이다. 집이 불탄 이후로 이교의 집에 함께 살기 시작한 삼촌은 일할 때를 제외하곤 밤낮없이 술을 달고 살았다. 취하면 주정 없이 죽은 듯 잠이 들었는데, 가끔 잠꼬대를 심하게 하는 날이면 이교가 그를 깨워주었다. 이교는 그가 악몽에 시달리면서도 술 마시기를 멈추지 않는 이유를 어렴풋이 짐작할 수 있었지만 입 밖으로 꺼내 묻지는 못했다.

걱정하는 이교의 시야에 얼핏 낯선 것이 비쳤다. 차창 너머, 저 황야의 지평선 부근에 처박힌 검은 그림자가, 고철 더미가 보였다. 위치상 람의 비행기가 추락했을 지점이었다. 이교는 그 형체에 시선을 고정한 채로 흘러가듯 말했다.

"비행기 봤다는 말 있잖아요. 그때는 못 믿었는데, 지금은 믿어요."

삼촌은 여전히 답하지 않았다. 지프는 십 분가량을 더 달려 황야의 복판에 도착했다. 자외선과 흙먼지 바람을 피할 그 무엇도 없는 드넓은 황야였다. 삼촌이 먼저 내려 차 문을 열어주었다. 이교는 공허한 땅을 눈에 담았다.

"정말 여기 내려준 거 맞아요?"

삼촌은 고개를 끄덕였다. 이교는 주변을 둘러보았다. 그곳에는 아무것도 없었다. 버려진 콜라 캔도, 뒤집어진 미트파이도 없었다. 하나 다행인 것은 말라붙은 람의 시체도 없었다는 것이다. 그건 아직 람이 죽지 않았다는 뜻이었다. 적어도 이 근방에서는. 이교는 두 징

후 중 후자에 집중하기로 했다. 삼촌이 트렁크 앞으로 걸어간 것은 그때였다. 캔 콜라와 미트파이는 뒷좌석에 빼뒀는데……. 당황하는 사이 그가 별안간 트렁크 뚜껑을 활짝 열었다. 안에 누워 있던 람과 삼촌의 눈이 마주쳤다. 람의 이마 가운데 자리한 눈이 느리게 깜빡였다.

　　　　이건 예상에 없는 일이었다. 이교가 파이를 받고서 시간을 끄는 사이 람이 빠져나와 차 밑에 몸을 숨기는 게 원래 계획이었다. 게다가 삼촌에게는 총이 있다. 짧은 순간 떠오른 수만 가지의 불길한 가정이 떠올랐다. 하지만 삼촌은 양손에 얼굴을 묻을 뿐이었다. 어깨가 간헐적으로 경련하듯 떨렸고, 고통을 참는 듯한 신음이 새어 나왔다. 그나마도 온 힘을 다해 귀를 기울이지 않으면 알아채지 못할 만큼 작은 소리였다. 두꺼운 손가락 너머의 표정은 보이지 않았다. 이교는 람을 향해 눈짓했다. 람은 조용히 몸을 일으켰다. 트렁크에 다리를 걸치고 바닥을 디뎠을 때, 삼촌이 손을 내려 얼굴을 드러냈다. 그는 이전과 같았다. 허나 완전히 같지는 않았다. 정확히 무엇인지는 알 수 없었지만, 이교는 그를 감싸고 있던 두껍고 단단한 껍질의 일부에 금이 갔다는 사실만큼은 알 수 있었다. 틈새는 언젠가 벌어질 것이고, 내부를 채우던 것은 끝내 범람할 터였다. 삼촌의 가슴이 크게 오르내렸다. 내쉬는 숨이 조용했다. 마치 숨을 죽이면 파열을 막을 수 있다고 믿는 것처럼.

그는 총을 겨누는 대신 손을 뻗어 람을 일으켜 세웠다. 그러고선 트렁크에 실어둔 이교의 캐리어와 짐들도 전부 꺼내놓았다. 람은 트렁크에서 나와 비틀거리며 섰다. 이교와 삼촌을 번갈아 보던 그가 빠르게 이교에게로 달려가 뒤에 몸을 숨겼다. 그제야 삼촌이 총을 들고서 서서히 다가왔다. 이교는 람을 뒤에 세운 채 뒷걸음질 쳤다. 아직 수갑을 차고 있는 터라 행동에 제약이 있었다. 당황해 어쩔 줄 모르는 이교를 향해 삼촌이 총을 내밀었다. 총구가 아닌 손잡이 부분이었다.

"가져가라."

이교는 묶인 두 손으로 그것을 받아 들었다. 빈손이 된 삼촌은 주머니에서 뭔가를 꺼내 람에게로 던졌다. 람은 얼결에 손을 뻗어 그것을 잡아챘다. 수갑을 푸는 열쇠였다.

"비행기 꼭 타봐."

그 말을 마지막으로 삼촌은 돌아섰다.

이교는 캐리어와 두 개의 침낭 그리고 람과 함

께 황야의 한복판에 남았다. 지프가 한 점이 되어 완전히 모습을 감출 때까지 뒤를 쫓던 이교는 불쑥 깨달았다. 너무도 낯설고 또 당연한 사실, 자신이 난생처음 타운 밖에 발을 딛고 있다는 사실을 말이다. 이교는 타운 안과 비슷한 듯 다른 흙바닥을 쿵쿵 밟다 멈추고 중얼거렸다.

"이렇게 아무렇지도 않은 일이었다니."

람이 이교를 마주 보았다. 한때 저주의 표식으로 오해했던 아름다운 세 번째 눈이 자비롭게 이교를 내려다보고 있었다. 이교는 람의 다섯 개의 눈에 하나하나 눈을 맞췄다. 람이 말했다.

"이제 비행기가 있는 곳으로 가자."

이교는 고개를 끄덕였다. 여덟 개의 눈을 가진 두 사람이 황야를 걷기 시작했다.

히
노
의 파
이

타운으로 돌아온 백우는 곧장 조리실로 향했다. 간만에 정신이 맑았다. 오늘에야말로 그날이라는 확신이 들었다. 어쩌면 조카가 자신이 타운을 떠나면 어떨 것 같냐는 불길한 질문을 던졌을 때부터 예감했는지도 모른다. 요 며칠간은 술을 마시지 않았는데도 꿈에 히노가 나왔다. 좋은 징조였다. 조카를 버리고 돌아오는 길에 올려다본 하늘은 히노를 처음 만난 날처럼 구름한 점 없었다. 먼 길을 떠나기 좋은 날이었다. 조카도, 자신도.

조리실까지 가는 길은 평소보다 널널했다. 연

속으로 어린 감염자가 발생한 탓인지 거리의 분위기는 본 적 없는 종말 직후처럼 뒤숭숭했으며, 백우의 지프라는 걸 알아본 거리의 사람들은 노골적으로 안쓰러워하는, 혹은 사탄이라도 본 것마냥 끔찍해하는 눈빛을 보냈다. 새삼스러울 건 없었다. 오늘로써 그는 그의 아버지처럼 제 손으로 혈육을 유기하고 돌아온 파렴치한 문지기가 된 것이다. 그나마 모험을 앞둔 어린 조카에게 파이가 아닌 총 한 자루를 건넸다는 것이 위안이라면 위안이었다.

　마지막으로 마주한 조카는 기억 속의 히노와 비슷한 눈을 하고 있었다. 홀로 무언가를 감당하기로 한 자 특유의 슬픔과 두려움과 오만이 흘렀다. 백우는 떠나기로 마음먹은 사람을 붙잡는 방법 같은 건 알지 못했다. 다만 응원할 뿐이었다. 평생을 숨듯이 산 조카가 시체와 파이가 나뒹구는 황야를 벗어날 수 있기를. 비록 그 애가 보여준 진실이 백우의 삶 전체를 송두리째 뒤집다 못해 온통 무의미하게 만드는 것이라 하더라도.

　이교는 멀리 갈 것이다. 타운 밖으로 나가 진실을 눈에 담을 것이다. 하지만 자신은 그러지 못한다. 그럴 용기도, 힘도 남지 않았다. 이제 백우에게 남은 건 단

하나였다. 히노의 레시피.

　그는 결심했다. 바로 오늘, 히노의 파이를 만들어야겠다고.

　조리실은 마을회관의 뒷마당에 오랜 유적처럼 자리했다. 외양으로 보나, 의도로 보나 불길하기 짝이 없는 그 건물이 주민 모두가 오가는 회관과 그토록 가깝게 지어진 건 순전히 타운 주민들이 제1규칙을 잊지 않도록 하기 위함이라고 들었다. 조리실이란 추방자들을 위한 마지막 식사를 만드는 곳, 가련한 이들을 위해 고기와 소스에 치사량에 달하는 독극물을 버무려 가장 완벽한 파이를 구워내는 곳이다. 조리실에서 파이를 만들기 시작하면 그 달콤하면서도 씁쓸한 내음이 회관 전체에 빼곡히 퍼졌다. 사람들은 한가롭게 체스를 두며 이웃의 추방과 언젠가 다가올 자신의 죽음을 상상했다. 백우는 그와 관련하여 아버지가 했던 말을 떠올렸다.

　'잘못된 것도 아닌데 숨기거나 멀리할 이유가 없다. 조리사들이 만드는 파이가 아니면 감염자는 땡볕의 황야에서 오랜 시간 굶주리거나, 괴물들에게 붙잡혀 산 채로 물어뜯기는 고통을 당해야 한다. 그러니 죄책감 같은 건 허상에 불과해. 중요한 건 인식이다. 어떤 대상을 꺼리거나 친근하게 느끼는 건 전부 인식에 달렸다.'

백우는 궁금해졌다. 만약 아버지가 아직 살아 있어서, 조카의 이야기를 들었다면 어떻게 반응했을지. 그는 자신이 유기한 목숨의 무게를 견딜 수 있을까?

회관 주차장에 도착한 백우는 잠시 눈앞의 죽어가는 건물을 응시했다. 얼핏 보면 그것은 음식을 만드는 공간이라기보다는 방치된 창고, 혹은 너무 커서 버리지 못하고 알아서 바스러지기를 기다리는 큰 폐기물 정도로 보였다. 컨테이너의 사면은 녹이 슬고 칠이 벗겨져 원래의 빛깔을 잃은 지 오래였고, 출입문 앞에 늘어진 죽은 화분들은 황폐함을 더했다. 백우는 이 조리실이 그나마 활기와 아늑함을 가졌던 때를 떠올렸다. 그리 오래전은 아니었다. 일 년 하고도 조금 더 전이려나. 각종 독극물과 밀가루, 시럽이 뒤섞인 공간에 안락함이라는 표현은 어울리지 않지만 그럼에도 그때의 조리실은 백우에게 아버지와 함께 살았던 낡은 오두막보다, 어딘가 살얼음 위를 걷는 듯한 형의 집보다 '집'에 가까운 공간이었다. 이 조악하고 끔찍한 장소에 일말의 훈기가 남아 있다면 그건 전부 히노가 부여한 것이었다.

　　지금은 이곳에 없는, 히노.

　　지프의 시동을 끄고 눈을 감자 심해 같은 고요
가 그를 감쌌다. 선뜻 발을 내딛을 수 없어 백우는 지난
밤 꿈에 나타난 히노를 곱씹었다. 과거의 어느 날로 돌
아간 줄 착각할 만큼 생생한 꿈이었지. 히노는 턱을 괸
채, 소파에 비스듬히 누운 자신을 바라보고 있었다. 등
뒤로 반투명한 시폰 커튼이 휘날렸으며 반쯤 열린 창
너머로 젖은 흙냄새가 파고들었다. 히노가 속삭였다.

　　'백우.'

　　가능하다면 영원히 머물고 싶은 찰나였다. 이미
수백 번 수천 번 되새긴 장면임에도 백우는 이 꿈이, 뇌
의 속임수가 반가웠다. 꿈의 공간에서 그는 히노의 부
름에 고개를 끄덕이고, 히노는 안심하는 사람처럼 긴
숨을 내쉰 후 살짝 웃는다. 히노가 손을 뻗어 백우의 턱
뼈를 부드럽게 문지르면 백우는 그 손등을 노크하듯 두
드린다.

　　히노는 백우의 귀밑 턱과 그 밑으로 이어지는
목의 직선을 좋아했다. 백우 역시 히노의 굳은살이 박
힌 뭉툭한 손끝을 좋아했다. 두 사람은 어둠 속에서 침
대에 누워 자주 서로의 턱뼈를 만지곤 했다. 하지만 아

무리 정교한 꿈이라도 그 부드럽다가 간혹 까끌거리고
다시 매끄러워지는 촉감까지는 재현하지 못하기에, 꿈
은 오래가지 못한다.

추억의 테이프는 단호하게 종료되고, 선명했던
화면은 조금씩 뭉개진다. 맑은 새벽바람과 시폰 커튼
도, 히노의 하늘색 민소매 잠옷과 포근한 모달 이불의
감촉도 멀어진다. 이제 남은 건 어둠 속에서 들려오는
히노의 목소리뿐이다. 아무것도 감각할 수 없는 공간에
서 들려오는 하나의 목소리는 꼭 어떤 계시 같다.

'언젠가 견딜 수 없어지는 때가 오면, 파이를 만
들어봐.'

백우는 단 한 명을 위한 사제가 되어 수천 번 수
만 번 그 말을 곱씹는다.

눈을 뜨자 차창을 뚫고 들어온 오후의 햇살이
백우를 반겼다. 주위를 둘러보았으나 회관에는 아무도
없는 듯했다. 하긴, 죄 없는 어린아이가 연달아 두 명이
나 추방당한 이런 날 회관에 나와 수다를 떨고 체스를
둔다면 그쪽이 더 섬뜩할 터였다. 조수석의 피크닉 바
구니를 챙겨 내린 그는 화가 난 사람처럼 조리실을 향
해 큰 보폭으로 걸었다. 대나무 껍질을 엮어 만든 피크

닉 바구니 안에는 가장자리가 처참하게 바스러진 미트 파이가 나뒹굴었다. 감염자를 추방시키고 마을로 돌아온 문지기가 파이 바구니를 원래 자리에 돌려놓는 건 당연한 루틴이었다. 늘 그랬듯이 조리실 출입문은 굳게 닫혀 있었다. 문을 거세게 두드리자 안쪽에서 구 노파가 무슨 일이냐며 외쳤다.

"바구니 가져왔어."

"거기 두고 가. 늘 두던 선반 있잖아."

"파이가 남았어. 버려야 해. 아무 데나 버리면 짐승들이 먹고 죽을지도 몰라."

안쪽에서 지팡이가 아슬아슬하게 바닥을 치는 소리가 났다. 곧 문틈 새로 바짝 말린 대추를 닮은 구 노파의 얼굴이 나타났다. 오늘 새벽 조카를 위한 파이를 만든 조리사였다. 백 살에 가까워진 구 노파는 이제 조리대 앞에 제대로 서 있지도 못한다. 후임을 구해야 할 텐데 워낙 괴팍한 걸로 유명해 쉽게 구해지지 않았다. 물론 그 이유뿐만은 아니다. 타인의 생명을 빼앗을 수도 있는 음식을 만들고 싶어 하는 이가 있을 리 없었다.

"파이가 남았다고? 건네주지 않은 거야?"

구 노파 이마의 빼곡한 주름이 한결 깊어졌다.

백우는 고개를 끄덕였다.

"그 애가 받지 않겠다고 했어?"

백우는 다시 고개를 끄덕였다.

"그렇다 하더라도 파이는 건네줬어야 해. 밤이
되고 괴물의 그림자를 마주하면 생각이 바뀔 수도 있는
거잖아? 이 일을 한 지가 몇 년인데 그런 실수를……."

구 노파가 역정을 멈췄다. 뒤늦게 오늘의 추방
자가 백우의 조카임을 떠올린 모양이었다. 백우는 그
틈을 타 천연덕스럽게 조리실 안으로 몸을 밀어 넣었
다. 휘청거리는 구 노파를 붙잡아 손수 스툴에 앉혀주
기까지 했다. 구 노파가 거센 기침을 쏟아내며 말했다.

"파이를 도로 가져온 건 비밀로 해줄게. 냉장고
옆 창고에 폐기물 봉투가 있어. 거기에 넣어."

오랜만에 둘러본 조리실은 아무리 좋게 말해
도 깔끔하다고 할 수 없었다. 바닥은 물론 조리대 곳곳
에 밀가루 반죽이 말라붙어 있었고, 각종 소스와 시럽
이 바짝 굳어 기묘한 무늬를 이뤘다. 비좁은 공간에 은
은한 썩은 내가 맴돌았으며 오븐은 언제 닦은 건지 내
부를 전혀 들여다볼 수 없을 정도였다. 구 노파가 가리
킨 창고는 더욱 가관이었다. 문을 열자마자 찌든 악취

와 날파리들이 공격해왔다. 조리실은 마지막으로 들렀을 때와는 비교가 되지 않을 만큼 엉망으로 변해 있었다. 어쩔 수 없는 일이었다. 넓지 않은 공간이지만 제대로 걷지도 못하는 노인이 홀로 관리하기엔 무리가 있었을 것이다.

"아무리 그래도 이건 좀 심하네."

백우는 닿기만 해도 미지의 균에 감염될 것만 같은 폐기물 봉투 앞으로 다가갔다. 그 안에 파이를 던져넣고, 꽉 찬 봉투를 단단히 묶어 밀봉했다. 일 년이 넘도록 어떤 선택도 결정도 회피한 채 술만 마셨던 자신과 조리실 안에 골동품처럼 고여 있던 구 노파가 닮았다는 생각이 들었다. 봉투를 정리한 후에는 봉투가 끼워져 있던 쓰레기통과 창고 내부를 간단히 물로 씻었다. 세제를 쓰지 않아 찌든 때를 완전히 닦아내는 데에는 한계가 있었으나, 전보다야 한결 나았다. 헹궈낸 통에 새 폐기물 봉투를 끼워 넣고 나자 이마에 땀방울이 맺혔다. 문밖에서 구 노파가 답지 않게 무슨 청소냐며 역정을 냈다.

"이제 나갈 거야! 노인네 성격 한번 급하네."

돌아선 백우의 시선이 문 옆 선반에 닿았다. 고

장나거나 망가져 쓰지 않게 된 잡동사니와 조리기구를 모아놓은 선반이었다. 백우는 우연히 조우한 익숙한 물건에게로 손을 뻗었다. 윗날이 부러진 빵칼이었다.

"일 년이 넘도록 술만 처마시더니, 갑자기 뭔 유난이야?"

문밖에서 구 노파가 다시 소리를 질렀다.

어떤 불안을 감지한 건지, 목소리가 처음보다 신경질적이었다. 백우는 빵칼의 손잡이를 확인했다. H.N. 오크나무로 만든 손잡이에 히노의 이니셜이 새겨져 있었다. 그는 빵칼을 챙겨 창고 밖으로 나갔다.

문을 열자마자 창고를 노려보고 있던 구 노파와 눈이 마주쳤다. 백우가 앉혀둔 대로 스툴에 구부정하게 걸터앉은 자세였다. 뭐라고 잔소리를 하려던 듯 벌어진 입이 다시 닫힘과 동시에 구 노파의 시선이 백우의 손에 들린 빵칼을 스쳤다. 마른 어깨가 짧게 떨렸다. 백우는 표정의 변화 없이, 빵칼의 잘린 단면을 응시하며 말했다.

"구 노파, 나 조리실 좀 빌려줘."

"무슨 지랄이야? 안 돼."

"부탁이 아니야."

"부탁이 아니면, 뭐 협박이라도 하려고?"

"응."

백우가 짤막한 빵칼의 날을 구 노파에게로 겨눴다. 말은 그렇게 했지만 정말로 그를 해할 생각은 없었다. 그저 백우는 조리실이 필요했다. 히노가 파이를 굽고 베이킹을 하던 이 조리실에서, 히노의 재료와 도구로 자신도 그와 같이 완벽한 파이를 만들고 싶을 뿐이었다. 하지만 조리실을 쓰기 위해서는 조리사의 허락이 필요하다. 조리실은 애초에 조리사에게만 허락된 공간이었다.

구 노파는 완강히 거부했다. 입을 굳게 닫고는 스툴에서 일어나 출입문으로 향했다. 백우가 한발 먼저 문을 가로막고 섰다. 창고 안에 외부로 통하는 다른 문이 있었지만 어차피 구 노파가 백우를 따돌리고 조리실을 빠져나가기란 역부족일 것이다. 그의 깡마른 다리와 빈약한 근육은 장정인 백우에 비해 너무 굼뜨고 느렸다. 백우가 약 올리듯 조리실 문을 걸어 잠갔다. 그에 구 노파가 지팡이를 높이 쳐들어 백우의 어깨와 등을 마구 후려치기 시작했다. 그다지 아프지 않아서 그냥 맞아줬는데, 구 노파는 몇 대 때리지도 못하고 제풀에 지쳐 지저분한 조리실 바닥에 주저앉았다.

"그러게 왜 힘을 빼? 그냥 조리실 좀 빌려주지."

백우는 자신을 흘겨보는 구 노파를 조심스레 일
으켜 세우며, 히노의 빵칼을 내보였다. 구 노파는 빵칼
을 못 본 척하고는 앓는 소리를 냈다. 칼의 주인에 대해
어떤 말도 하지 않겠다는 표현이었다. 한 짓이라곤 넘
어진 그를 일으켜 세워준 것뿐이건만 백우는 어째서인
지 노인을 괴롭힌 것만 같은 기분에 빠졌다. 그는 구 노
파를 등에 업고서 2층으로 향했다.

1층이 파이를 굽는 공간이라면, 2층은 조리사들
의 생활공간이었다. 발을 내딛을 때마다 나무 발판이 요
란하게 삐걱거렸다. 전에도 한 생각이지만 노인이 오르
내리기엔 너무 가파른 계단이었다.

"뭘 하려고?"

구 노파가 그제야 순순히 팔과 다리를 늘어뜨리
며 물었다. 백우는 답했다.

"파이를 만들 거야. 히노의 파이."

구 노파는 더는 아무 말도 하지 않았다. 가벼운
그를 2층 큰방의 안락의자에 내려놓았을 때였다. 맞은
편 서랍장 위에 놓인 액자가 보였다. 연한 분홍색 아크

릴 액자 안에 든 건 지금보다 젊은 구 노파가 허리까지
밖에 오지 않는 어린아이의 손을 잡고 나란히 선 사진
이었다. 단발머리의 아이는 어딘가 뚱해 보였고, 빛바
랜 하늘색 줄무늬 칼라 티셔츠에 청 반바지를 입고 있
었다. 백우는 저도 모르게 그 사진을 향해 손을 뻗었다.
그를 제지하듯 구 노파가 입을 열었다.

"재료는 전부 히노가 정리한 그대로야. 너도 알
다시피, 바뀐 건 없어."

*

백우가 히노를 처음 만난 건 아버지의 장례를
치르고 지프를 물려받은 초겨울이었다. 그러니까, 여기
서 '만났다'는 건 단지 학교의 무수한 아이들 틈에서 어
깨를 스치는 정도가 아닌 눈과 눈을 마주 보고 서로를
인지한 순간이었다. 두 사람은 같은 중·고등학교를 졸
업했으나 대화 한 번 나눈 적 없었고, 서로의 이름조차
몰랐다. 하지만 서로의 존재는 알았다. 정확히는, 학교
의 모두가 히노와 백우의 존재를 알았다.

히노는 타운의 유일한 외지인이었다. 구 노파의

양 무릎이 아직 건재했던 시절, 누군가 타운의 울타리 밑에 버린 갓난아이를 그가 데려와 키웠다고 했다. 물론 길고 긴 감염자 판별 절차와 신체검사, 장로회와 타운 임원들의 회의를 거친 결과였다. 허나 히노를 정상 인류로 받아들이는 것과 타운 주민으로서 인정하는 것은 별개였다. 오랜 시간 저들끼리 생활하며 견고한 공동체를 이룬 타운은 바깥에서 온 아이에게 배타적이었다. 어떤 사람들은 이제 겨우 옹알이하는 아이를 향해 '병'이 숨어 있을 테니 다시 내보내야 한다고 주장했다. 밖에서 온 저 악의 씨앗이 언제 괴물로 변할지 몰라. 그러니 가까이하면 안 돼. 그렇게 어린 자식들을 가르쳤다.

히노는 대부분 혼자였다. 학교에는 자주 나오지 않았으며 나오더라도 유령처럼 희미하게 자리하다 스르륵 사라졌다. 백우는 학교에 타운의 유일한 외지인이 있다는 걸 알았지만, 그뿐이었다. 당시의 백우는 스스로를 숨기는 것만으로도 벅차서 다른 사람에게 관심을 가질 틈이 없었다. 히노가 외지인이라는 사실만큼이나 공공연한 사실은 바로 백우가 타운에서 가장 악명 높은 문지기의 둘째 아들이라는 것이었다.

사랑하는 이의 목을 자른 기요틴을 집안에 들이

려는 이는 없다. 사람들은 겉으로 티 내지는 않았으나 추방자들을 직접적으로 황야에 내버리고 돌아오는 문지기와 독이 들어간 파이를 만드는 조리사를 꺼려했다. (히노가 겪는 혐오의 목소리에는 구 노파를 향한 화살도 포함되어 있었다.) 누군가는 해야 하는 일이었다 한들 그런 냉대역시 어찌할 수 없는 것이었다. 그중에서도 백우의 아버지는 공공의 적에 가까웠는데, 그건 추방 후 타운에 돌아와 술을 진탕 마시고 괴로워하며 남은 가족들에게 눈물로 사죄하는 다른 문지기들과 달리, 아버지는 어떤 동정이나 연민도 내보인 적이 없었기 때문이다.

　　　문지기는 두 부류로 나뉜다고, 아버지는 자주 말했다. 똑똑하고 합리적인 문지기와 멍청하며 굼뜬 문지기. 똑똑한 문지기는 자신이 맡은 일의 중요성을 이해하기 때문에 책임감도 크다. 그는 일과 일상을 명확하게 나누므로 쓸데없는 동정심이나 죄책감 따위로 감정을 소모하는 일이 적다. 똑똑한 문지기의 심신은 건강하며 그들은 타운과 타운 주민들의 안전을 위해 한 몸을 희생할 준비가 되어 있다. 반면 후자의 경우는 스스로를 불행하게 여긴다. 업무의 막중함보다 한낱 자신의 일희일비를 더 중하게 여기기 때문에 의사 결정이 굼뜨고, 비합리적인 사고에 중독되기 일쑤다. 그들은 실수를 밥먹듯이 저지르며, 최악의 경우에는 한순간의 동정심에 사로잡혀 타운 전체를 위험에 빠뜨릴 수도 있는 족속이라는 것이다.

그렇게 말하던 아버지는 스스로를 전자라고 여겼을지 몰라도 외부의 시선으로 봤을 땐 그저 악한에 가까웠다. 그는 지나치게 냉철해 보였다. 신체는 멀쩡하지만 '정상 인류'로서는 정신적인 부분에 어떤 결함이 있다고 말하는 이도 있었다. 삼십 년이 넘도록 문지기로 일하며 타운을 위해 충성한 그는 막 입대한 신병처럼 몸에 힘을 잔뜩 주고서 보초를 서거나 정찰을 돌았고, 병에 걸린 무수한 이웃들을 황야에 유기했다. 감염자가 어린아이여도, 동료의 노모여도 망설이는 기색조차 보이지 않았다. 추방자의 가족들이 집 앞으로 찾아와 저주의 말을 퍼붓고 계란이나 돌을 던져도 눈 하나 깜짝하지 않았다. 그는 그들을 향해 단 한 번도 미안하다는 빈말조차 건넨 적이 없었으며 그건 자신의 아버지를 추방할 때도 마찬가지였다.

그날은 백우의 여덟 살 생일이었다. 아흔을 훌쩍 넘긴 할아버지의 몸에서 뭔가가 자라난 지 사흘째 되는 날이기도 했다. 당시의 분위기가 어땠는지 백우는 구체적으로 기억하지 못했다. 그때나 지금이나 감염자가 발생하면 그 최측근은 서른여덟 시간 동안 집에서 나갈 수 없었다. 떠오르는 거라고는 학교를 빠지고 늦잠을 잘 수 있어서 즐거웠다는 것과 아주 긴 잠을 자고 정오가 다 되어 일어났을 때, 늘 닫혀 있던 1층 구석의 할아버지 방이 활짝 열려 있었다는 사실 정도가 전부다.

아, 그리고 또 하나. 미트파이가 있었다.

왠지 모를 공허함과 한기가 맴도는 집 안에서 부엌 식탁 위의 미트파이는 홀로 발랄해 보였다. 백우는 눈앞의 파이가 자신을 위해 준비된 선물이라고 생각했다. 설탕을 발라 구운 바삭한 페이스트리는 바삭해 보였고, 한 입 베어 물면 그 안의 다진 고기 혹은 절인 과일과 감자가 조화롭게 혀를 물들일 것 같았다. 그 파이가 왜 그렇게 맛있어 보였을까? 먹지 못할 것을 본능이 직감했기 때문일까? 백우는 미지의 인력을 내뿜는 듯한 파이를 향해 홀린 것처럼 손을 뻗었으나, 순식간에 나타난 아버지에 의해 저지당했다. 문지기의 군청색 출근복에 방독면을 쓴 아버지가 잔뜩 화가 난 듯한 눈으로 백우를 내려다보았다.

백우는 움츠러들었다. 아버지는 파이를 가로챘고, 어머니를 향해 무어라고 화를 쏟아내고서 집을 나갔다. 억울함이 밀려왔다. 거실 창 너머로 아버지의 지프가 먼지 바람을 일으키며 멀어지는 모습이 보였다. 백우는 창문에 바짝 달라붙어 눈으로 차 꽁무니를 쫓았다. 점점 작아지는 뒷좌석에 누군가 타고 있었다. 왜소한 어깨와 긴 수염. 익숙한 실루엣이었다. 활짝 열린 1층 구석 방의 주인이었다.

할아버지가 천천히 뒤를 돌아보았다. 곧이어 창가에 서 있던 백우와 눈이 마주쳤다. 그 순간, 백우는 시공간의 무언가 어긋나는 기분을 느꼈다. 차가 저토록 빠르게 작아지고 있는데 할아버지는 줄어들지 않는 것 같았다. 그의 몸짓이 너무 분명하게 보였다. 할아버지는 뿌옇게 이는 먼지 틈으로 앙상한 손을 흔들었다. 바람에 흔들리는 어린 가지처럼 맥없이, 또 부드럽게.

그에 어떻게 했더라? 손을 흔들어주었던가, 아니면 마법에 걸린 것처럼 꼼짝도 하지 못했나. 기억나지 않았다. 여덟 살 생일은 너무 오래전이었고, 기억하는 것보다 기억하지 못하는 장면이 더 많았다.

하지만 한 가지는 확실히 기억한다. 텁텁한 수

증기에 갇힌 것 같은 일과 중 그날 저녁에 있었던 생일 파티만은 선명했다. 저녁 일곱 시가 넘어가고, 해가 지자 아버지는 홀로 돌아왔다. 방독면과 출근복을 벗지도 않은 채 벽난로 앞에 서서 화가 난 군인처럼 생일 파티를 했냐고, 소원을 빌고 초를 불었냐고 물었다. 백우는 고개를 저었다. 그는 파티를 해야 한다고 외쳤다. 어째서 파티 준비를 하지 않은 거야? 생일인데 당연히 파티를 해야지. 누구보다 즐겁고 화려하게 보내자고. 그렇게 말하며 라디오로 둠스데이 이전의 댄스음악을 틀었다. 적막하던 집 안은 순식간에 흥겨운 노랫소리로 가득 찼고, 형은 크래커 과자를 쌓아 작은 케이크를 만들었다. 어머니는 빠르게 식탁을 채워갔다. 그리하여 삼십 분쯤 후에는 제법 그럴듯한 생일상이 만들어졌다.

백우는 고깔 모자를 쓴 채 4인용 식탁에서 아버지를 마주 보고 앉았다. 크래커의 구멍에는 여덟 개의 초가 꽂혀 있었다. 누구보다 먼저 아버지가 생일 축하 노래를 부르기 시작했다. 손뼉을 치며 우렁차게 불렀다. 백우는 그때 아버지의 표정을 오랫동안 잊지 못했다. 그는 분명히 웃고 있었는데, 경직된 눈과 곡선을 그린 채 굳은 입매가 어딘가 화가 나 보였고, 이해가 가지 않지만…… 억울해 보였다. 비통하고 슬퍼 보였다. 백우가 단어로 적을 수 있는 모든 감정이 응집된 얼굴로 그는 둘째 아들을 위한 생일 축하 노래를 불렀다. 이후에 백우는 자주 생각했다. 자신에게 벌어진 일련의 일들이, 세대를 타고 내려온 비극이 바로 그 노래와 함께 시작된 건 아닐지.

백우는 그 자리에서 도망치고 싶었다. 더는 그곳에 있으면 안 될 것 같았다. 어린아이 특유의 동물적인 감각이 그를 사로잡았지만, 주술에 걸린 듯 꼼짝도 할 수 없었다. 그는 일말의 불안도 느끼지 못하는 것처럼 착실히 생일을 맞이해 기쁜 아이를 연기했다. 노래가 끝남과 동시에 그는 소원을 빌었고, 초를 불어 껐다. 무슨 소원을 빌었는지는 역시 기억나지 않는다. 아마 아무 소원도 빌지 못했을 것이다. 소원 같은 걸 떠올리기엔 불손하게 느껴질 만큼 식탁을 둘러싼 공기는 음습하고 무거웠다.

노래가 끝나자 어머니가 널찍한 칼로 크래커 케이크를 쪼갰다. 간신히 케이크의 형태를 유지하던 크래커들은 크림치즈와 뒤섞여 엉망이 된 채 접시 위에 올랐다. 백우는 낮에 보았던 파이를 떠올렸다. 촛농이 떨

어진 바스러진 크래커를 입으로 밀어 넣으며 정갈한 미
트파이의 맛을 상상했다.

형이 자리에서 일어난 건 바로 그때였다. 백우
는 고개를 돌려 형을 바라보았다. 형은 멀뚱멀뚱 서서
접시를 들어 올렸다. 백우와는 다르게 한 입도 대지 않
은 케이크였다. 그러고는 케이크 옆의 과일 바구니에서
색이 좋은 포도와 토마토 몇 알을 골라 접시 위에 담았
다. 옥수수 튀김도 두어 개 챙기고, 팩으로 된 주스는 주
머니에 넣었다. 도시락을 싸는 것처럼 보였다. 어머니
가 무얼 하냐고 묻자 형은 답했다.

"할아버지 거 남겨놓으려고."

그 순간, 시간이 멈췄다. 할아버지가 떠날 때처
럼 시간과 공간의 틈새에 오류가 일어난 것이다. 눈치
없이 계속되는 노래를 제외하고 집안의 모든 사물과 사
람들이 정지했다. 그런가 하면 다음 장면은 순식간에
이어졌다. 노래가 끝남과 동시에 무언가 허공을 날았
다. 형의 입에서 짧은 비명이 튀어나왔다. 무슨 일이 벌
어진 건지 단번에 받아들일 수 없었다. 아버지가 집어
던진 접시는 벽에 부딪쳐 산산이 부서졌고, 포크는 형
의 광대를 스쳐 바닥을 나뒹굴었다. 창백한 뺨에서 그

룻 위의 딸기보다 붉은 피가 흘러내렸다.

자신에게 벌어진 일을 한발 늦게 인지한 형은 얼음 기둥처럼 선 채 멍하니 눈만 깜빡였다. 흐르는 피를 닦을 생각조차 못 하는 그에게 백우가 티슈를 건네주었다. 아버지는 아무 말도 하지 않았다. 그는 무슨 말을 기다리는 것 같았는데, 아무도 그 말을 해주지 않아 화가 난 사람 같았다. 자동 되감기를 거친 카세트테이프가 같은 노래를 처음부터 재생했다. 형은 바닥에 떨어진 크래커 케이크와, 굳게 닫힌 할아버지의 방문을 번갈아 보더니 눈물을 터뜨렸다. 어머니도, 아버지도 형을 위로하지 않았다. 백우 역시 아무 말도 할 수 없었다. 곧 아버지는 자리에서 일어나 와인 병을 들고서 2층의 안방으로 향했다.

그날 새벽, 백우는 낯선 기척에 잠에서 깼다. 어둠이 익숙해지자 방 안에 허수아비처럼 선 형체가 보였다. 아버지였다. 아버지는 빈 술병을 들고서 다가와 침대에 앉았다. 그리고 겁에 질려 자는 척을 하는 백우의 귀에 속삭였다.

'너는 똑똑한 문지기가 되어야 한다. 네 형은 영 글렀어.'

　　백우는 말에는 힘이 있다는 말을 믿었다. 인간이 내뱉는 모든 말들은 강하거나 약한, 크거나 작은 주문이자 저주라고. 그날 이후로 아버지의 속삭임은 백우의 모든 사고의 끝에 집요하게 매달렸다. 여덟 살 생일에 벌어진 일들을 이해하기 위해 노력하다 보면 결국 여러 상상과 추측을 거쳐 문지기가 된 미래의 자신에게 도달했다. 상상 혹은 예지 안에서 자신은 아버지와 소름끼칠 만큼 비슷했는데, 일말의 위화감도 없어 그 모든 게 너무 자연스럽게만 느껴졌다.

　　거기에 학창 시절 내내 은은하게 계속된 손가락질이 어떤 촉매제로 작용했다. 기대에 부응하고 싶은 마음은 당연한 것이다. 모두가 자신을 아버지의 아들이라고 가리키니, 진짜로 그렇게 되어주어야만 할 것 같았다. 그 이외의 선택지는 상상할 수 없었다. 애초에 다른 선택지가 있는 것 같지도 않았다. 타운은 작은 곳이고, 타운에서 할 수 있는 일 역시 얼마 없다. 그러니, 백우가 아버지의 직업을 물려받은 데에 주변의 책임이 아예 없다고는 하지 못할 것이다. 백우와 달리 의사가 된 형과는 막역하게 지냈지만, 아버지에 대한 이야기는 누구도 입에 올리지 않았다.

　마을의 원칙과 신념을 따랐던 아버지는 말년에 친구 하나 없는 외톨이가 되어 술과 함께 여생을 보냈다. 백우는 육포처럼 바짝 쪼그라들어 술 냄새를 풍기는 아버지를 보며 자신의 미래를 점쳤다. 그는 백우를 붙들고 자신이 병에 걸린다면 네가 운전해서 버려달라고 말했는데, 병은커녕 어느 겨울 만취한 채로 계단에서 발을 헛디뎌 죽었다. 장례를 치르며 백우는 아버지처럼 술에 취해 홀로 잠드는 자신을 상상했고, 무덤 앞에서 덤덤히 중얼거렸다.

　똑똑한 문지기의 결말이란 이런 것이군.

　원치 않게 미래를 내다본 기분. 허나 딱히 피하고 싶지도, 아버지의 궤적으로부터 벗어나고 싶지도 않았다. 백우는 아버지의 모든 걸 이해할 수는 없었지만, 그가 누군가 해야 할 일을 하는 사람에 불과했다는 건 알았다. 그의 결말을 형벌로 치부해서는 안 되는 것 아닐까. 백우는 자신 앞에 놓인 구차한 밑그림과는 별개로 타운의 규칙을, 제1규칙을 믿었다. 그 규칙이 유지되기 위해서는 무수한 태엽들이 돌아가야 했고 자신과 아버지는 그중 하나일 뿐이었다. 최선을 다하는 게 어떤 최악에 도달할 수도 있다는 생각을 그때 처음 했다.

　　사람들은 백우를 향해 제 아버지와 똑같다고 자주 말했다. 실제로 그는 아버지만큼 성실했고, 아버지만큼 덤덤했으며, 원칙에서 어긋난 적이 없었다. 아버지를 증오했던 이들은 백우도 증오했고, 오두막집에는 간간이 계란이나 상한 과일, 저주의 말이 부딪혔다. 백우에게는 익숙한 것이었다. 마음 약한 문지기들은 추방자가 발생할 때마다 종종 백우에게 술을 사주고 대신 업무를 해줄 것을 부탁했다. 백우는 나약한 그들이 이해되지 않았지만 부탁을 거절하지는 않았다. 그 일을 더 잘할 수 있는 사람이 해내는 건 효율적인 거지 나쁜 게 아니었다.

　　추방자가 발생하는 비율은 제각각이었고, 많으면 일 년에 스무 명이 마을을 떠났다. 추방자가 없을 때 문지기의 업무는 단순했다. 붉은 벽돌로 지어진 망루에서 지평선을 바라보며 꾸벅꾸벅 졸거나 엽총을 닦고, 무장한 채 정기적으로 마을 바깥 정찰을 나가는 게 전부였다. 정찰을 돌다보면 여러 가지를 마주했다. 구시대의 유물처럼 보이는 기계의 잔해나 아직 썩지 않은 플라스틱 쓰레기, 알루미늄 깡통, 모래바람에 빛이 바랜 과자 봉지 그리고…… 발자국과 그림자. 발자국은

인간의 것이라기엔 너무 크거나 너무 작은 경우가 태반
이었고, 한 보폭마다 새겨진 발자국이 세 개 이상이거
나 손자국이 섞여 있는 때도 더러 있었다. 멀찍이서 기
괴한 그림자가 다가오는 걸 발견한 적도 있었다. 그러
나 실제로 괴물을 맞닥뜨린 적은 없었다.

　　괴물, 그러고 보면 어린 조카는 어렸을 때부터
바깥의 이야기를 좋아했다. 괴물이 얼마나 끔찍한지가
아니라 괴물이 정말 있는지, 얼마나 멀리 가보았는지
를 궁금해했다. 왜 그동안 이상하다고 생각하지 못했을
까? 사람을 잡아먹는 괴물이 있고, 타운에서 쫓아낸 수
많은 사람들이 있는데 괴물에 물어뜯긴 시체는 발견한
적이 없다는 걸 말이다. 백우는 황야에서 발견한 몇 구
의 시체들을 떠올렸다. 전부 파이를 먹고 자살한 이들
뿐이었는데.

　　정찰 도중 백우를 두렵게 하는 건 식인 괴물도,
사람의 것인지 짐승의 것인지 모를 누런 뼈들도 아니었
다. 그것은 파이였다. 황야 한복판에 버려진 미트파이
를 발견하면 백우는 어째서인지 심장이 보다 빠르게 뛰
는 것을 느꼈다. 온전한 파이보다 한 입 혹은 반쯤 베어
문 파이들을 볼 때 그랬다. 그것이 모래를 뒤집어쓴 채

썩어가는 상태든, 막 오븐에서 나온 것처럼 멀쩡한 상
태든 상관없이 백우는 남은 파이를 입 안에 처넣고 싶
은 충동을 느꼈다. 떠올려보면 그 충동은 여덟 살 생일
식탁 위로 손을 뻗었을 때부터 단 한 번의 예외도 없었
다. 그 안에 죽음에 이르게 하는 독이 있다는 사실을 알
아도 마찬가지였다. 오히려 바로 그런 상상이, 금기가
식욕을 돋우었다. 시내의 빵집에서 모양만 조금 다른
미트파이를 사 먹은 적도 있었다. 하지만 그 파이는 백
우에게 아무런 감흥도 주지 못했고, 달기만 해서 다 먹
지도 못하고 버렸다. 백우는 여전히 알 수 없는 허기에
시달렸다.

　　히노를 만난 건 그런 평범한 나날 중 하루였다.
아버지의 장례를 치른 날을 기점으로 세 번째 추방자가
발생한 11월.

　　겨울의 초입이었다. 새벽바람이 제법 서늘했다.
마을에 감염자가 발생하면 곧장 문지기가 배정되고, 인
원수에 따라 조리실로 주문이 들어간다. 담당 조리사는
정성을 다해 미트파이를 굽는다. 가장 완벽한 모양과
풍미를 담아내는 게 그들의 의무이다. 추방일 새벽 동
이 트기 시작하면 그날의 문지기는 감염자를 데리러 가

기 전에 조리실에 들러 갓 구워진 파이를 받아야 한다. 그렇게 한때 이웃이고 친구며 연인이었던 이를 배웅하는 것이다.

담당 문지기로 배정된 백우는 새벽같이 일어나 마을회관 뒷마당 구석에 자리한 조리실로 향했다. 둠스데이 이전에 파리의 파인 다이닝에서 수석 셰프로 일했다는 구 노파는 타운에 온 이래로 미트파이의 제조를 전담하는 조리사였고, 일평생을 추방자들을 위한 파이를 구우며 살았다. 파이는 늘 오크색 트레이 위에 다소곳이 놓여 있어 조리사를 만날 필요 없이 챙기기만 하면 되었다. 그런데 그날은 무슨 일인지 트레이가 비어 있었다. 조리사가 된 이후로 계단을 굴러 정신을 잃었을 때 빼고는 단 한 번도 시간 약속을 어긴 적이 없다던 구 노파였다. 백우는 멍하니 빈 트레이를 바라보다 한 뼘쯤 열린 출입문의 틈으로 시선을 돌렸다.

안에는 두 사람이 있었다. 구 노파가 오븐 앞에 쪼그리고 앉은 여자를 향해 뭐라고 잔소리를 내뱉었다. 문틈으로 달콤하면서도 감칠나는 향이 끊임없이 흘러나왔다. 백우의 시선을 느낀 건지 여자가 돌아보았다. 틈새로 눈이 마주쳤고, 백우는 저 왜소한 여자가 타운의 유일한 외지인이라는 걸 기억해냈다. 이름이 뭐였더라. 하노? 희나? 뭐라고 입을 떼기도 전, 구 노파가 먼저 문을 활짝 열고서 외쳤다.

"좀만 기다려. 히노가 고장을 낸 건지 오븐이 영 말썽이다."

아, 히노.

"내가 고장내다니? 난 할머니가 알려준 대로 조리했어. 그냥 저게 너무 구닥다리 오븐인 거라고. 장로님한테 말해서 하나 좀 새로 받아."

때마침 오븐이 알람을 울렸다. 연분홍색 덩굴무늬 오븐 장갑을 낀 히노가 꺼낸 건 조악하기 짝이 없는 미트파이였다. 구 노파가 한숨을 쉬며 한 시간만 기다려줄 수 있냐 물었다. 백우는 고개를 끄덕였다.

"이럴 줄 알고 미리 반죽을 해뒀지. 저걸 떠나는 사람한테 먹으라고 어떻게 줘? 오늘부터 제대로 모양 잡기 전에는 잠 못 잘 줄 알아. 밥도 없어."

"뭐야? 그거 아동 학대야."

"너 이제 아동 아니야. 저 시커먼 문지기랑 동갑일 텐데."

구 노파가 새 파이를 굽는 사이, 히노가 스툴에

걸터앉아 백우를 빤히 응시했다. 미간을 찌푸리다 관자놀이를 누르는 걸 반복하더니, 별안간 박수를 치며 외쳤다.

"기억났다! 백우, 맞지?"

백우는 고개를 끄덕였고, 히노의 이름을 알고 있었음에도 어째선지 민망한 기분이 들어 기억나지 않는 척했다. 히노는 산뜻하게 자신의 이름은 히노라고 소개했다. 이후로 그는 히노의 이름을 한 번도 잊어버리거나 헷갈리지 않았다.

*

그날 두 사람은 구 노파가 파이를 만들기를 기다리며 시답잖은 대화를 나눴다. 타운의 일상이란 지루하기 짝이 없어서 기껏해야 날씨나 베이킹 이야기가 전부였다. 학교를 졸업한 후 도서관에서 잡일을 하던 히노는 구 노파의 건강이 안 좋아져 얼마 전부터 파이 만드는 걸 배우고 있다고 했다. 베이킹이란 계량이 중요한데 영 세심하질 못해서 매일 혼난다고, 그래도 뭔가를 만드는 게 도서관에서 물걸레질을 하는 것보다는 즐

겁다고 말이다. 백우는 딱히 할 말이 없어 듣고만 있었
다. 혼자 종알대던 히노는 잠시 뜸을 들이더니, 작게 중
얼거렸다.

"하지만 파이 안에 사람이 먹으면 안 되는 걸 넣
을 때는 기분이 좋지 않아."

그러고서는 고개를 돌려 백우를 정면으로 마주
했다.

"그래서 말인데, 네가 좀 봐줘."

"뭘?"

백우는 저도 모르게 숨을 참았다.

"마을 밖으로 나간 사람들이 파이를 먹었는지.
문지기들은 외부 정찰을 나가니까 알 수 있잖아. 파이
를 먹으면 시신이 남을 테니까."

"그걸 왜 알고 싶은데? 모르는 게 낫지 않나?"

"나도 그냥 모른 척할 수 있으면 이런 부탁 안
했을 거야."

히노의 말에 의하면, 자신의 손으로 독이 든 파
이를 만들게 된 이상 책임을 회피해서는 안 된다는 것
이다. 추방자들에게 어떤 선택지를 쥐여주었으니 그들
이 무엇을 선택했는지 역시 알아주어야 한다고 했다.

그렇게 말하는 히노가 너무 비장해서, 백우는 더 반박하지 못했다. 그로서는 한 번도 생각해본 적 없는 일이었다. 따지자면, 일부러 피하던 주제였다. 타운 안에 무작위로 감염자가 발생하는 것도, 그들을 내보내는 것도 어쩔 수 없는 일이었다. 어찌할 수 없는 일의 결과에 대해 구체적으로 상상하는 건 문지기의 업무에 아무런 도움이 되지 않았다. 백우는 이해할 수 없었지만 딱히 어려운 일은 아니라 부탁을 받아들였다. 히노는 윗니가 환히 보이도록 웃으면서, 가까이 오라는 듯 손짓했다. 백우가 다가가자 히노가 귓가에 입술을 붙이고서 귓속말을 했다.

"할머니 몰래 챙겨둔 밀가루가 있어. 쿠키 만들면 나눠줄게. 거기엔 독 없어."

마침 구 노파가 새 파이를 완성해 꺼냈다. 백우는 구 노파가 조리대 위의 갈색 병을 꽉 닫아 찬장의 가장 높은 곳에 힘겹게 밀어 넣는 것을 보았다. 구 노파가 피크닉 바구니 안에 파이를 담아 건넸고 백우는 그것을 받아 들었다.

그날, 백우는 타운에서 이십 년간 초등학생을 가르친 남자를 황야에 내려주었다. 남자는 파이를 받고서 드넓은 황야의 지평선을 향해 걸어가기 시작했다. 백우가 남자의 흔적을 발견한 건 일주일 후, 외부 정찰을 나갔을 때였다. 남자를 내려준 지점과 그리 멀지 않은 곳에 오븐에서 나온 모습 그대로의 파이와 넥타이가 떨어져 있었다. 남자는 어디에도 없었다. 그는 어디로 간 걸까? 괴물에게 먹혔나? 아니면 계속 걷고 걸어서 어딘가에 도달했나?

정찰에서 돌아온 백우는 곧장 히노에게로 향했다. 그리고 히노에게 남자가 파이를 먹지 않았다는 사실을 전했다. 낮잠을 자고 일어난 듯 얼굴이 부은 히노는 그에 별 반응을 보이지 않았다. 왜인지 서운한 기분이 들려는 순간, 히노가 안으로 들어오라는 듯 손짓했다.

"할머니한텐 비밀이야."

히노가 스툴 안에서 꺼내 건넨 건 한 뼘만 한 크기의 포장 봉투였다. 안에는 아몬드가 박힌 쿠키가 들어 있었다. 좋게 말해도 잘 만든 건 아닌, 어린아이가 크레파스로 끄적인 낙서를 닮은 쿠키. 별 모양, 꽃 모양, 고양이 모양, 하트 모양…….

백우는 쿠키를 아주 조금씩 아껴서 먹었다. 밀가루 맛이 과하게 많이 났고, 반죽을 제대로 섞지 않은 건지 쿠키마다 버터의 맛이 달랐다. 하트는 짰고 별은 밍밍했고 고양이는 너무 달았다. 다 먹는 데 꼬박 일주일이 걸렸다. 그다지 맛있지도 않았던 그 디저트가 왜 계속 생각나는지 모를 일이었다.

*

히노의 베이킹 실력은 점점 늘었다. 겨울에서 봄이 되는 두 달 사이에 구 노파의 것만큼이나 완벽한 형태의 미트파이를 만들 수 있게 되었다. 물론 먹어볼 수 없으니, 그 맛까지 재현했는지는 알 수 없는 일이었다. 그러는 사이에 구 노파 몰래 밀가루와 설탕, 버터 등을 빼돌려 히노는 계속 독이 들어가지 않는 과자를 만들었다. 쿠키도 만들고 마들렌도 만들고 휘낭시에도 만들었다. 처음엔 괴이한 맛을 뿜내던 과자들 역시 점점 그럴듯한 모습과 맛을 갖춰갔다. 그 과자들은 주로 백우의 입 안으로 들어갔다.

"할머니 몰래 만들어서 할머니에겐 줄 수 없어. 그리고 너도 알다시피 난 친구가 한 명도 없잖아. 혼자 다 먹을 수도 없다고."

그런 이유에서였다. 어째서 다른 문지기들에게는 주지 않는 것인지 궁금했지만, 백우는 늘 그랬듯 입을 다물었다. 히노에게 선택지를 늘려주고 싶지 않은 이기적인 마음이었을 것이다.

그 와중에도 추방자는 발생했다. 두 달이 조금 넘는 시간 동안 타운에서는 세 명이 사라졌고, 그 중 한 명을 백우가 배웅했다. 외부 정찰은 삼 주에 한 번에서 격주에 한 번으로 늘었다. 겨울을 날 땔감을 구해야 했을 뿐더러 얼마 전 땅이 미세하게 진동했기 때문이었다. 지진인 줄 알았는데 망루 당직이었던 루가 근방을 맴도는 괴물 무리를 보았다고 했다.

'하나둘이 아니었어. 칙칙한 넝마 같은 옷을 걸친 끔찍한 괴물들이 주변을 관찰하듯 오래 맴돌았다고. 사람 고기를 원하는 게 분명해.'

문지기들은 무장에 더욱 신경썼다. 새벽 혹은 한낮의 황야를 가로지르다 보면 전보다 잦은 빈도로 짐승이나 추방자들의 시체를 볼 수 있었다. 대부분 추위와 배고픔으로 인한 죽음인 듯했으나, 가장 최근 발견된 추방자 여자의 시체는 파이를 먹었는지 피부가 보랏빛이었다.

여자는 생전에 히노와 함께 도서관에서 일하던 사서였다. 백우는 여자의 선택을 궁금해하는 히노에게 황야에서 버려진 파이를 발견했다고, 여자는 파이를 먹지 않았다고 전했다. 왜인지 진실을 전할 수가 없었다. 히노는 늘 그랬듯이 디저트를 건넸다. 백우는 쿠키처럼 딱딱한 까눌레를 음미하며 거짓말의 달콤함을 맛보았다. 이후로 그 씁쓸한 단맛에 중독된 백우는 같은 행동을 반복했다.

그 사람은 파이를 먹지 않았어. 네가 만든 파이는 어떤 잇자국도 없이 처참하게 황야를 구르고 있었거든. 황야에 가면 버려진 파이가 널렸어.

가끔 히노는 물었다. 어차피 먹는 사람이 없는데 이 끔찍한 파이는 왜 만들어야 하는 거지? 파이를 만들 때마다 내가 그 사람들에게 죽으라고 소리치는 기분이야. 밧줄이 곧 끊어질 걸 아는 단두대가 된 기분이야.

"넌 그런 적 없어?"

그 질문이 왜 그렇게 위협적으로 느껴졌던 걸까. 백우는 칠흑 같은 히노의 눈동자를 마주한 후에야 간신히 "나도 가끔 그래" 하고 답했다. 히노는 백우가 건넨 어떤 이야기들보다 그 답을 반가워했다. 사실은 생각해

본 적 없었다. 문지기는 문지기의 일을, 조리사는 조리
사의 일을 할 뿐이었다. 하지만 백우는 그렇게 답했다
가는 히노가 자신에게 실망하리라는 걸 알고 있었고,
한번 중독된 거짓말은 너무 끈끈해서 쉽게 떨어지지 않
았다.

　　두 사람은 시간이 지날수록 더 가까워졌다. 때로
는 조리실이 아닌 바깥에서도 만났다. 히노가 일하던 도
서관, 백우의 집, 형의 병원 옥상과 조카가 다니는 초등
학교의 운동장, 생과일주스 바에서. 그리고 황야에도 갔
다. 백우에게는 지프가 있었고, 히노는 태어나서 타운
밖으로 나가본 적이 없었다. 그건 타운 사람들 대부분이
그랬지만, 그들과 달리 히노는 두려움보다는 뭔가 다른
걸 기대하는 것 같았다. 자신이 외지인이지 않냐며, 이
밖으로 나가기만 하면 금방 새로운 세계, 낯선 차원에
도달할 수 있을 거라고 믿는 듯했다. 히노는 완고했으며
백우는 히노의 부탁을 거절하는 법을 알지 못했다.

　　구 노파가 새 오븐을 받기 위해 장로와 담판을
짓겠다며 자리를 비운 날이었다. 추방자를 내보내고 얻
은 사흘간의 휴가가 끝나는 건 다음 날이었지만, 백우
는 하루 일찍 복귀를 신청했다. 공식적으로 정찰을 나

가기 위해서는 상부의 스케줄에 따르거나 자질구레한 절차를 거쳐야 했으나 백우는 당직이었던 친구 루의 도움으로 곧장 황야에 나갈 수 있었다. 높은 스트레스와 죄책감에 시달리는 문지기들은 종종 몰래 황야를 내달리곤 했고, 복귀만 잘한다면야 그 정도는 아무도 문제 삼지 않았다.

늦은 오후였다. 날것의 볕이 정수리를 달궜다. 검문을 지나서 타운이 보이지 않을 만큼 달린 후에야 백우는 멈춰서 트렁크를 열었다. 땀에 푹 젖은 히노가 힘겹게 몸을 일으켰다. 문지기가 아닌 자의 외출은 엄격히 금지되었기에 이 방법밖엔 없었다. 히노는 지쳐 있었지만 눈빛만은 생생했다. 그는 멀미로 인해 구역질을 하면서도 설렘과 흥분을 감추지 못했다. 에어컨 바람을 쐬며 기력을 되찾은 후엔 지프에서 나와 바닥을 쿵쿵 찧고 냅다 소리를 지르며 이 끝에서 저 끝까지 달렸다. 백우로서는 아무것도 없이 잡초와 흙먼지, 가끔 누런 뼈가 굴러다니는 황야가 도대체 뭐가 좋은지 이해할 수 없었다. 하지만 그토록 활기찬 히노의 모습은 처음이라, 어딘가 함께 즐거워지는 기분이었다. 백우는 히노를 따라 괜히 이 끝에서 저 끝으로 뛰어보고, 바닥

을 쿵쿵 찧고, 아아아 하고 소리를 질렀다. 그 소란에 괴
물들이 나타날 수 있다는 생각은 안 했다. 아니, 나타난
다 해도 상관없을 것 같았다. 지금이라면, 스스로의 심
장 소리가 이렇게나 선명하게 들리고 모든 감각들이 만
개한 꽃처럼 활짝 열린 이 순간이라면 단번에 생을 마
감한다 해도 좋을 것 같았다.

　　난생처음 놀이터에 온 아이들처럼 뛰놀길 한참,
흙먼지를 뒤집어쓴 두 사람은 지프의 보닛 위에 쓰러
지듯 널브러졌다. 서로의 얼굴만 봐도 싱그러운 웃음이
터졌다. 괜히 어깨를 밀고 옆구리를 찌르며 장난을 치
다 누가 먼저랄 것도 없이 서로를 껴안았다. 가늠하는
게 무의미한, 영원에 가까운 시간이 흐른 뒤 두 사람은
힘을 풀고 보닛에 등을 기댔다. 어느새 어두워진 밤하
늘에는 별들이 쏟아질 듯 빼곡했다. 백우는 자신이 황
야를 무수하게 드나드는 동안, 단 한 번도 하늘을 올려
다본 적이 없다는 사실을 깨달았다.

　　"데리고 와줘서 고마워."

　　히노가 말했다. 답이 느린 백우는 한참을 고민
하다 답했다.

　　"과자나 계속 만들어줘."

"우리 함께 타운을 떠날까?"

이번엔 아무리 오래 고민해도 답할 수 없는 질문이었다. 백우는 몇 번이나 입술을 달싹였으나 끝내 어떤 소리도 내지 못했다. 히노는 단번에 경직된 백우의 턱뼈를 만지며, 장난이라고 웃어 보였다. 그제야 백우도 겨우 입꼬리를 올려 웃었다.

타운으로 돌아오는 길은 나올 때와 달리 늪에 잠긴 듯 어두웠다. 두 사람은 각자의 침묵에 빠졌다. 빛이라곤 없이 어두운 황야를 오로지 지프의 헤드라이트만이 비좁게 비추었다. 백우는 어째선지 조급한 기분이 들었다. 아마 더 바라는 것이 없기 때문일 것이다. 그는 단지 지금의 기분과 상태가 지속되길, 당최 시간이 흐르는 건지 멈춘 건지 알 수 없는 타운이라는 공간이 그렇듯 어제오늘과 같은 내일만을 원했다. 차마 이 이상을 바라는 것은 주제를 모르는 것처럼 느껴졌기에, 그는 조금이라도 빨리 어두운 황야를 지나 익숙한 타운으로 돌아가고 싶었다.

그는 속도를 높여 달렸고, 히노는 그의 불안과 초조함으로부터 튕겨져 나가듯 차창을 열고 머리를 길게 내밀었다. 황야의 밤바람이 히노의 얼굴을 정면으로 덮쳐 흑갈색의 머리가 어둠에 동화되듯 휘날렸다.

"시원하다. 이렇게 빨리 달리는 건 처음이야."

어느새 히노는 상반신을 거의 내놓고 있었다.

"위험해. 제대로 앉아."

"어차피 여기는 부딪힐 곳도 없어. 괜찮아."

백우는 히노가 그대로 사라질 것 같아 두려웠지만 그런 마음을 알지 못하는 히노는 천진하게 메마른 밤공기를 들이마실 뿐이었다. 얼마 지나지 않아 저 멀리 타운 조망대의 불빛이 보이기 시작했다. 백우는 조금 안심했다. 이제 다시 트렁크에 들어갈 시간이었다. 여전히 머리를 내놓고 있는 히노를 향해 말하려던 찰나였다. 바퀴 사이에 뭔가 걸린 듯 귀에 거슬리는 소음이 일었다. 뭔가 찌그러지고, 제자리가 아닌 곳에 끼어들면서 나는 뾰족한 소리였다. 그에 히노도 놀라 제자리에 앉았다.

백우는 속도를 줄여 황야의 어딘가에 멈춰 섰다. 그냥 갈 수도 있었지만 고요를 뚫고 난입한 소음은 그 자체로 어떤 불길한 조짐 같은 면이 있었다. 무엇인지 확인해야만 할 것 같았다. 히노와 백우는 함께 내렸다. 지프의 헤드라이트가 먼지밖에 없는 땅을 섬뜩하게 비추었다. 백우는 앞바퀴에 낀 장애물의 정체를 확인하기 위해 고개를 숙였다.

　납작해진 콜라 캔.

　콜라 캔이었다. 알루미늄 캔이 지프에 밟혀 찌그러지는 소리인 듯했다. 주변을 살폈지만 다른 건 보이지 않았다. 파이도 없었다.

　이게 왜 하필 여기에.

　불현듯 목뒤의 털이 곤두섰다. 백우는 애써 불안을 가라앉혔다. 바퀴에 캔이나 그 파편이 끼는 건 종종 있는 일이었다. 캔과 파이는 이곳에 버려진 사람의 수만큼 많았다. 백우는 아무 일도 없었던 것처럼 무릎을 털고 일어나 뒤를 돌아보았다. 헤드라이트 불빛이 비치지 않는 뒤쪽은 한 치 앞도 채 보이지 않는 어둠이었다. 히노는 어디에 있지? 차 트렁크에 들어가라고 내가 말했던가? 서둘러 트렁크 앞으로 갔지만 히노는 없었다. 그는 힘껏 히노의 이름을 불렀다. 멀지 않은 곳에서 터벅거리는 발소리가 들렸다. 사방을 두리번거리던 백우는 트렁크를 등진 채, 더 깊은 어둠으로 향하는 히노를 발견했다. 황야를 비추는 달빛 아래 히노의 그림자가 길게 늘어졌다. 서둘러 그에게로 다가갔다. 옆에서자 히노가 마른 손가락으로 어딘가를 가리켰다.

"저기, 뭔가 있어."

백우의 시선이 히노의 손끝을 따라 정면으로 향했다. 백우는 눈을 가늘게 뜨고 어둠에 집중했다. 평소보다 달빛이 밝긴 했으나 그들이 지나온 길은 너무 아득했다.

"아무것도 안 보이는데."

"잘 봐. 어둠 속에 분명히 뭔가 있어. 움직이는 걸 봤다고."

히노가 빠르게 속삭였다. 그에 백우의 몸에도 힘이 들어갔다. 백우는 집요하게 어둠을 가늠했고, 그 안에서 아주 미세하게 농도가 다른 실루엣을 발견했다.

"맞지?"

어쩌면 그간 황야에서 목격한 괴이한 발자국의 주인일지도 몰랐다. 둠스데이부터 시작된 파멸의 형태, 사람을 잡아먹는다는 구인류의 망령이, 끔찍한 괴물이 바로 저 앞에 있는 것이다. 백우는 히노에게 차에 오르라고 외친 후 트렁크에서 총 한 자루와 손전등을 집어들었다. 그 순간, 아이러니하게도 백우는 두 가지 선택지 앞에서 갈등했다. 이대로 뒤도 돌아보지 않고 황야를 달려 도망가는 것과 오랜 시간 경계해왔지만 단 한 번도 마주한 적 없던 적의 실체를 눈에 담는 것. 이성은 전자가 옳다고 주장했지만 가슴은 후자로 기울었다. 그건 인간이라면 가지는 원초적인 호기심이자 문지기로서의 직업 정신과도 닿아 있었다.

백우는 크게 숨을 들이마신 후 돌아섰다. 배터리가 거의 떨어졌는지 아슬아슬한 손전등의 불빛을 비추자, 빨려들 것만 같은 어둠 속에서 무언가 휘청이며 걸어 나왔다. 태풍에 휘날리는 나무처럼 위태로워 보였다. 백우는 떨리는 손으로 탄환을 장전했다. 멍하니 서 있던 히노가 형체를 향해 달리기 시작한 건 바로 그때였다.

시간이 멈췄던 여덟 살 생일이 겹쳐졌다. 달려나가는 히노의 등에 할아버지의 인사와 형의 뺨에서 흐르던 피가 더해졌다. 아무 생각도 할 수 없었다. 그중 이해할 수 있는 건 아무것도 없었다. 뒤늦게 정신을 차린 백우는 총구를 앞으로 겨눈 채 히노의 이름을 외치며 쫓았다.

"히노!"

히노는 계속 달렸다. 어둠 속의 형체도 점점 가

까워졌다. 이제 그것은 손전등 없이도 모습을 확인할 수 있을 정도로 지척에 있었다. 괴물은 생각보다 크지 않았다. 신장으로만 따진다면 백우보다 작았다. 기껏해야 히노와 비슷한 수준. 하지만 작은 얼굴에 숨은 매서운 이빨이 목덜미를 물어뜯을지도 모를 일이다. 백우는 일 분이 채 되지 않는 시간 동안 오늘 히노를 황야로 데리고 나온 걸 수천 번 후회했다. 괴물이 히노의 심장을 뜯어 먹는 장면이 머릿속에 이미 벌어진 일처럼 정교하게 재생되었다. 백우가 팔을 뻗어 간신히 닿은 히노의 어깨를 붙잡아 돌리는 것과 코앞으로 다가온 괴물의 모습이 달빛 아래 온전히 드러나는 건 아주 간발의 차이였다. 백우는 히노를 옆으로 밀치고서, 오랜 시간 훈련받은 대로 빠르게 자세를 잡고 방아쇠를 당겼다. 파국을 닮은 소리와 함께 코를 지르는 화약 냄새가 퍼져나갔다.

괴물이 토해낸 피가 차갑게 굳은 히노의 얼굴에 튀었다. 머리를 명중당한 괴물은 허무할 만큼 가볍게 바닥에 널브러졌다. 어린아이가 넘어지는 것처럼 가벼운 소리가 났다. 백우는 뒤늦게 이상하다는 생각이 들었다. 머리를 맞힌 게 먼저인지, 괴물이 피를 토해낸 게 먼저인지 기억나지 않았다. 그는 먼저 고개를 돌려 괴물의 피를 뒤집어쓴 히노를 바라보았고, 히노는 그런 백우의 시선을 무시한 채 눈을 부릅뜨고서 쓰러진 괴물을 향해 한 발 내딛었다. 백우도 히노를 따라 괴물의 정체를 확인했다. 곧 꺼질 듯 빠르게 깜빡이는 손전등의 불빛이 어둠 속 괴물의 얼굴을 비췄다.

"⋯⋯."

보라색에 가깝게 변한 피부. 오래 굶은 듯 움푹 패인 볼과 검붉은 피로 범벅된 입매. 그리고 이마에 상처처럼 벌어진 입술. 백우는 괴물이 누구인지 알았다. 사흘 전 백우가 직접 내보낸 감염자 여자였다. 파이를 먹은 걸까? 독에 중독된 게 명백한 모습이었다. 불현듯 덩그러니 떨어져 밟힌 캔이 뇌리를 스쳤다. 그와 거의 동시에 백우는 자신의 과오를 떠올렸다. 그는 불과 이틀 전, 히노에게 이번 감염자도 파이를 먹기는커녕 받아 가지조차 않았다고 뻔뻔하게 거짓말을 했다.

여자의 머리가 아닌 자신의 심장을 향해 총을 쏜 것만 같은 기분이 들었다. 총을 떨어뜨린 백우는 떨리는 손으로 히노를 향해 손을 뻗었다. 히노는 검붉은 피를 뒤집어쓴 채 감염자를 뚫어질 듯 내려다보았다.

그리고 천천히 입을 열었다. 죽은 거야? 정말? 백우는 저도 모르게 변명했다. 괴물이야. 이 사람은 우리를 공격하려 했어. 히노가 몇 번이나 달싹이다 겨우 소리를 냈다. 도움이 필요했던 것일 수도 있잖아. 백우는 혀로 바싹 마른 입술을 축였다. 최선의 대답이 무엇일지 모르겠다. 감염자에게 줄 수 있는 가장 큰 도움은 죽음이라는 말? 이 사람을 사람으로 보지 말라는 말? 최선은 없고 최악만 남은 것 같았다. 그가 아무 말도 하지 않자 히노가 다시 물었다.

"파이를 받아 가지 않았다며."

"……."

"나한테 거짓말했네."

그에 백우는,

"돌아갈 시간이야. 트렁크에 들어가."

그런 말밖에 하지 못했다.

히노는 순순히 트렁크 안에 몸을 숨겼다. 백우는 뒷좌석에서 물티슈를 꺼내와 히노의 얼굴에 묻은 피를 정성껏 닦았다. 히노는 어떤 표정 변화도 없었다. 백우가 트렁크를 닫았고, 운전석에 올랐다. 타운으로 향하는 내내 돌이킬 수 없는 어떤 일이 벌어졌다는 생각이 백우를 괴롭혔다. 총은 이미 발사되었고, 여자는 죽었다. 감염자는 어떤 상태였나? 인간으로서 의식이 남아 있었나? 어쩌면 이미 괴물이 된 건 아니었을까? 하지만 괴물이 파이를 먹을 이유는 없다.

타운의 검문대에서 백우는 총소리가 무엇이었냐 묻는 질문에 사실대로 답했다. 얼마전에 추방시킨 감염자를 괴물로 착각해 쏘았다고. 괴물이 될 예정이라 추방시켰지만 어둠 속에서 나타난 감염자의 증상이 악화되었는지는, 그가 괴물에 가까워졌는지는, 괴물만큼의 흉포함과 잔인함을 가졌는지는 모르겠다고 답했다. 백우의 동료 루가 고개를 끄덕이며 대꾸했다.

"괜찮아. 뭐, 그런 일은 종종 일어나니까."

그런 일. 사람을 쫓아내고 사람에게 독이 든 파이를 건네고 사람을 총으로 쏘는 일. 그런 일이 종종 일어난다고. 새삼스럽지 않았다. 백우도 분명 알고 있던 사실이었다. 그런데 오늘은 어딘가 이상했다. 속이 울렁거리고 식은땀이 흘렀다. 그는 늘 그랬듯 조리실 앞에 차를 멈췄다. 히노는 트렁크에서 나오자마자 구역질을 했다. 그를 보던 백우도 뱃속에 든 걸 모조리 게워냈다.

그날 이후로 백우는 히노를 보지 못했다. 히노

의 쿠키를 먹지도 못했다. 히노는 방 안에 틀어박혔다. 한동안 추방자가 발생하지 않아 파이 핑계를 대는 것도 불가능했다. 백우가 찾아갈 때마다 그를 반기는 건 구 노파였다. 구 노파는 히노가 도통 방 밖으로 나오질 않는다고, 매일 밀가루를 훔쳐서 반죽을 조물락거리더니 그마저도 하지 않는다며 한숨을 쉬었다. 무슨 일이 있었냐고 돌려서 묻는 것이나 마찬가지였지만 백우는 아무 말도 할 수 없었다. 히노가 틀어박히자 백우도 밖으로 나올 이유를 잃었다. 그는 출근할 때와 조리실 앞을 얼쩡거릴 때를 제외하곤 집 밖으로 나오지 않았다.

백우는 무엇을 어떻게 해야 할지 몰랐다. 고문당하는 백치가 된 기분이었다. 그동안 거짓말을 했다는 사실을 인정하고 사과해야 하나? 그러면 받아줄까? 하지만 사과를 한다 한들, 히노의 파이를 먹고 죽은 사람들이 살아나는 건 아니었다. 자신이 지껄인 거짓말이 회수되는 것도 아니었다. 히노는 배신감을 느낀 걸까. 기만당했다고 여기려나.

하지만 시간이 지날수록 백우의 인내심은 바닥을 보였다. 그는 초조했다. 너무 초조해서 신중함마저 잃고 말았다. 그는 어서 빨리 지금의 불안에서 벗어나고만 싶었다. 그러니까, 히노를 기다리고 있는 상태. 처벌을 기다리는 죄수가 된 기분. 어쩌면 다시는 히노와 만날 수 없을지도 모른다는, 이전으로 돌아갈 수 없을지도 모른다는 조급함으로부터.

그래, 죽이 되든 밥이 되든 일단 얼굴을 보고 이야기해야 했다. 그간의 거짓말을 시인하고, 히노가 원하는 답을 들려주어야 했다. 구름 낀 주말 아침, 그는 조리실로 가기 위해 일어나 겉옷을 걸쳤다. 그때 무언가 중요한 걸 놓치고 있다는 기분이 들었다. 이 살얼음 같은 불안은 처음이 아니었다. 그는 나갈 채비를 마친 채 문 앞에 서서 이 불편한 기분을 언제 처음 느꼈는지 떠올렸다.

언제였더라. 도대체 언제…….

아. 기억났다.

창문 앞에서 멀어지는 아버지의 지프를 바라보았을 때.

어느새 뒷좌석에 앉아 손을 흔드는 건 할아버지가 아닌 히노로 변해 있었다. 감염자의 피를 뒤집어쓴 히노. 그날, 수없이 되돌리고 싶었던 그 순간, 히노의 점막으로 불길한 피가 스몄을지도 모른다. 균이면서 동시에 저주인 그것.

　　　백우는 문손잡이를 향해 팔을 뻗었지만 손잡이를 쥘 수 없었다. 문이 반대쪽에서 열렸기 때문이었다. 활짝 열린 문 너머로 나타난 건 백우의 오랜 동료 문지기이자 그날의 검문을 맡았던 루였다. 히노와 함께 황야로 나갈 수 있게 도와준 친구였다. 루는 울고 있었다. 그가 곧이라도 터질 것 같은 붉은 얼굴로, 숨을 헐떡이며 읊조렸다.

　　　"백우, 아내가 병에 걸린 것 같아."

*

　　　흙먼지가 뒤덮은 낡은 지프에는 세 사람이 타고 있었다. 운전석에 앉은 백우와 백우의 오랜 동료인 루, 그리고 루의 연인 리브였다. 루와 리브는 뒷좌석에 나란히 앉아 손을 맞잡고서 기도문을 읊었고, 백우는 느슨해진 방독면의 벨트를 한 손으로 고정하며 묵묵히 황야를 가로질렀다. 황야는 얼핏 평탄해 보였지만 곳곳에 큰 돌이 박혀 있어 수시로 차가 덜컹였는데, 그럴 때마다 조수석의 피크닉 바구니가 숨 쉬듯 헐떡이며 달콤한 파이의 향기를 내뿜었다.

지프가 마을에서 멀어질수록 루와 리브의 기도
는 물기에 젖었다. 지프가 황야의 한복판에 멈춰 섰을
때, 그들은 곧 한 몸이 될 것처럼 서로를 껴안은 채 떨
고 있었다. 셔츠 사이로 리브의 목덜미가 드러나 보였
다. 일주일 전쯤 생겨났다는 입술이 하품을 하듯 크게
벌어지며 쇄골과 근육을 뚫고 마구잡이로 자라난 흉측
한 이빨을 내보였다. 말없이 차에서 내린 백우는 엽총
을 어깨에 걸친 채 보닛에 걸터앉았다. 마지막 남은 담
배 한 개비를 입에 물고 고개를 들어 정오의 하늘을 올
려다보았다. 곧 비가 내릴 건지, 가득한 먹구름 너머로
태양의 실루엣이 어렴풋이 비쳤다. 오직 담배 한 개비
가 타들어가는 시간이 백우가 연인과 함께 추방을 선택
한 친우에게 베풀 수 있는 전부였다.

"시간이 다 됐어."

뒷좌석 창문을 두드리기 무섭게 반대쪽 문이 열
리고 리브가 내렸다. 손등으로 젖은 얼굴을 닦는 그의
팔에 종기처럼 자라난 크고 작은 눈알들이 데구르르 굴
렀다. 곧이어 루가 내렸고, 두 사람은 지프를 가운데 두
고 백우를 마주 보며 섰다.

"먼 길 배웅해줘서 고마워, 친구."

백우는 가만히 그를 응시했다. 루는 희미한 미소를 걸치고서 말했다. 그에게서는 할 수 있는 걸 모두 해본 자의 가뿐함이 흘렀다.

"나 말이야. 언젠가 이런 날이 올 걸 알고 있었던 거 같아. 두렵지 않은 건 아니지만 이 상황 자체는 익숙하기까지 해. 내가 그간 추방한 이들과 같은 최후를 맞이하는 건 어딘가 합리적으로까지 느껴지더군. 하지만…… 왜 내가 아닌 아내에게 병이 온 걸까. 그것만은 이해할 수 없어."

"이해할 수 있는 병은 없어."

"맞는 말이네. 어쨌든 백우, 나는 내 선택을 후회하지 않아. 너도 구태여 나 때문에 죄책감을 느낄 필요는 없다는 말이야. 물론 너는 그럴 타입은 아닌 듯하지만."

루의 말이 이어질수록 리브는 고개를 숙이고 어깨를 떨었다. 루와 리브는 작년에 결혼했고, 리브는 한 달 전 아이를 가졌다. 그리고 일주일 전 발병했다. 루는 리브가 아이를 낳을 때까지만이라도 마을에 머물게 해 달라고 장로회에 애원했지만 받아들여지지 않았다. 통하지 않을 거라는 걸 그 누구보다 문지기 십 년 차인 루가 제일 잘 알았다. 장로회는 감염자의 처분에 한해서는 자비가 없었다. 아무리 어린 아이라 해도, 늙은 노인이라해도 원칙은 하나였다. 발병한 자는 파이와 함께 마을을 떠난다.

리브의 추방이 결정되고 서른여덟 시간 동안 루는 머리가 하얗게 새도록 빌고 분노하고 통곡했다. 허나 예외는 없었고, 최측근이었던 루의 몸에는 유예기간인 서른여덟 시간이 지나도록 어떤 감염 증세도 나타나지 않았다. 그는 추방 대상자가 아니었지만 결국 연인과 함께 타운을 떠나길 선택했다. 그렇게 오늘 새벽, 백우의 지프에 오른 것이다.

어떤 동료의 차를 타고 떠날지는 루가 정한 것이었다. 이제 그들은 어떤 가림막도 식량도 없는 황야에 독이 든 미트파이와 함께 남겨질 터였다. 백우는 조수석에서 피크닉 바구니를 꺼내 들었다. 뚜껑을 열어 미트파이 두 개와 콜라 두 캔을 그들의 발밑에 내려놓았다. 오늘은 가장자리가 조금 탔군, 오븐에 넣고 졸았던 걸까. 생각하면서.

먼 곳에서 바람이 불어왔다. 황야를 넓게 핥는

바람은 비명 같은 소리를 냈다. 리브가 양손으로 얼굴을 감싸며 주저앉았다. 그에게서도 비슷하게 끔찍한 소리가 흘러나왔다. 루가 무릎을 굽혀 리브를 꽉 껴안았다. 그러고는 백우를 향해 가보라는 듯 눈짓했다.

백우는 뒷걸음질했다. 곧, 루가 자신의 입으로 리브의 입을 막았고, 비명을 닮은 울음은 잦아들었다. 백우는 도망치듯 운전석에 올랐다. 루와 리브의 주위를 빙 돌아 지프는 빠르게 왔던 길을 거슬러 달리기 시작했다. 지프가 만드는 모래 먼지가 그들을 덮쳤을 것이다. 황야의 밤은 보다 짙고, 그 어둠 너머에서 당장 오늘 밤 식인 괴물들이 모습을 드러낼지도 모른다. 루와 리브를 다시는 볼 수 없을 것이다. 함께 카드 게임을 할 수도, 점심시간을 보낼 수도 없다. 두 사람은 영영 과거에 남았다. 다름 아닌 자신이 그들을 황야의 한복판에 떨어뜨렸다. 백우는 치솟는 구역감을 애써 참았다.

그는 그간 외면했던 질문을 향해 손을 뻗었다. 황야에 남은 이들은, 지금까지 루와 자신이 황야에 유기한 무수한 이들은 어떤 최후를 맞이했나. 파이를 먹었을까? 고통 없는 안식을 선택했을까? 그런데 그게 과연, 선택이라고 할 수 있나.

'넌 그런 적 없어?' 하고 묻던 히노의 목소리.

　뒤통수에 루의 시선이 따라붙는 것 같았다. 날이 바짝 선 원망의 톱니가 뒷통수를 잘근잘근 밟았다. 착각일 것이다. 루가 말하지 않았던가. 죄책감을 가질 필요 없다고. 그는 작게 중얼거렸다. 누군가는 해야만 하는 일을 했을 뿐이야. 자신도, 파이를 만드는 히노도 그렇다. 괜찮아. 그는 끊임없이 되뇌었다. 주문은 아무 힘도 발휘하지 못했다. 그가 행한 업보에 비해 한낱 위로와 합리화를 위한 웅얼거림은 비루하기만 했다. 밥 먹듯이 오가는 이 길이 끊임없이 이어질 것만 같아 두려웠다. 지금 이 순간 누구보다도 히노의 얼굴이 보고 싶었다.

　저 멀리 마을의 실루엣이 보이기 시작했을 때였다. 별안간 낯선 소음이 귀를 간질이더니, 정체 모를 거대한 그림자가 앞창을 뒤덮었다. 백우는 브레이크를 밟고서 창밖으로 고개를 길게 빼 위를 바라보았다. 새를 닮은 고철 덩어리가 하늘을 가로지르고 있었다. 그 형체가 살아 있는 생물이 아니라고 확신한 이유는 매나 독수리라고 보기엔 날개가 굴곡 없이 단조로웠으며 펄럭이지도 않았기 때문이다. 게다가 너무 컸다. 아래에서 고도를 가늠할 수는 없었지만 그것이 비둘기들보다는 훨씬 높은 곳에 있다는 것 정도는 알 수 있었다. 형체는 빠르게 멀어졌다. 지나간 곳에는 뿌연 연기가 궤적처럼 남았다.

*

　타운으로 돌아온 백우는 곧장 조리실로 향했다. 이번에는 히노에게 거짓말하지 않을 것이다. 내 손으로 친구를 황야에 버렸다고, 친구와 그의 아내를 죽음으로 내몰았다고, 그들은 아마 죽을 것이라고, 황야에서 죽음을 빗겨 간 추방자는 단 한 명도 없을 것이라고 고백할 테다. 그는 회관 주차장에 아무렇게나 차를 댄 채 조리실 문을 당겨 열었다. 1층 조리대를 지나 가파른 계단을 올라 히노의 방이 있는 2층으로 향했다. 문을 두드렸다. 꼭 하고 싶은 말이 있으니, 잠시만 나와달라고 애원했다. 기척이 없길래 그 상태로 마음속의 말들을 먼저 쏟아내었다. 말들을 탕진하고 더 이상 어떤 단어도 내뱉을 수 없게 되었을 때, 오로지 헐떡임만 남은 그 순간 문이 열렸다.

히노는 아무 말없이 양팔을 벌렸다. 와서 안기라는 듯이.

민소매를 입은 그의 양어깨에는 날개가 자라나 있었다. 고목의 가지 끝에 새로 자라나는 잎처럼, 빼꼼히 모습을 내민 손가락들. 손가락과 손바닥과 앙상한 팔목이 모여 그것은 흡사 반쪽짜리 날개처럼 보였다. 백우는 한 발을 내딛어 히노의 방 안에 들어섰다. 그리고 날개들이 놀라지 않도록 조심스레 그를 안았다. 히노에게서는 달콤한 반죽 냄새가 났다. 히노가 속삭였다.

"쿠키 만들어줄게."

내가 너를 황야로 데려가서 이런 일이 벌어진 걸까? 백우는 입 안을 맴도는 물음을 삼켰다.

*

히노는 턱을 괸 채, 소파에 비스듬히 누운 자신을 바라보고 있었다. 등 뒤로 반투명한 시폰 커튼이 휘날렸으며 반쯤 열린 창 너머로 젖은 흙냄새가 파고들었다. 히노가 속삭였다.

"백우."

　　가능하다면 영원히 머물고 싶은 찰나였다. 백우
는 히노의 부름에 고개를 끄덕이고, 히노는 안심하는
사람처럼 긴 숨을 내쉰 후 살짝 웃는다. 히노가 손을 뻗
어 백우의 턱뼈를 부드럽게 문지르면 백우는 그 손등을
노크하듯 두드린다.

　　히노는 백우의 귀밑 턱과 그 밑으로 이어지는
목의 직선을 좋아했다. 백우 역시 히노의 굳은살이 박
힌 뭉툭한 손끝을 좋아했다. 두 사람은 어둠 속에서 침
대에 누워 자주 서로의 턱뼈를 만졌다. 그 부드럽다가
간혹 까끌거리고 다시 매끄러워지는 촉감. 맑은 새벽바
람이 두 사람을 감쌌다. 시폰 커튼은 여전히 흔들린다.
히노는 하늘색 민소매 잠옷을 입었고, 모달 원단의 이
불은 포근하다. 히노에게는 날개가 있다. 뼈와 살로 만
들어진 날개다. 백우는 느리게 눈을 깜빡인다. 잠결에
이 장면이 꿈인지 진짜인지 판단하기 위해서다. 히노는
그런 백우의 귓가에 입술을 묻는다. 처음 말을 걸었을
때처럼, 나긋이 속삭인다.

　　"언젠가 견딜 수 없어지는 때가 오면, 파이를 만
들어봐."

　　백우에게 히노의 목소리는 꼭 어떤 계시 같다.

　백우가 홀로 눈을 떴을 때 히노는 이미 사라진 후였다. 죽음만큼 깊은 잠을 자고 일어난 새벽이었다. 검문대의 당직 문지기들은 히노가 어깨에 자라난 손들을 내보이며 밖으로 보내주지 않으면 제 손목을 잘라 피를 튀기겠다고 협박하는 바람에 어쩔 수 없었다고 증언했다. 장로들은 감염자가 타운에서 나가지 않겠다고 떼를 쓴 것도 아니고, 스스로 걸어 나가는 건 문제가 되지 않는다며 오히려 반색했다. 그러고서 저들끼리 쑥덕였다. 감염자 중에 그렇게 빠르게, 많은 손이 자라난 사람은 없었어. 아주 위험했다고. 외지인이란 역시……

　히노가 타고 나간 백우의 지프는 타운으로부터 삼십여 분 떨어진 지점에 발견되었다. 백우는 히노가 사라지고 이틀 만에 지프를 찾았다. 히노는 없었다. 히노는 그렇게 사라졌다.

　히노가 남긴 건 두 개였다. 지프를 찾은 날, 타운으로 돌아온 백우를 향해 구 노파가 원통 모양의 상자를 건넸다. 히노가 만든 과자들로 가득한 상자였다. 쿠키, 마카롱, 마들렌과 휘낭시에, 갈레트브루통과 러스크…… 그리고 쪽지가 있었다. 적힌 내용은 길지 않았다. 네가 나를 버리게 하고 싶지 않았다는 말, 또 언젠가 속삭였던 말처럼 자신이 보고 싶어지면 파이를 만들어보라는 게 전부였다. 그 밑으로 미트파이 레시피가 세밀하게 쓰여 있었다. 백우는 히노의 그 말을 나름대로 해석했다. 그러니까, 그건 당시의 백우에겐 따라오라는 말 같았다. 먼저 떠난 자신을 따라오라고. 이번엔 네가 만든 파이로 나에게 오라고.

*

백우는 일 년이 넘도록 히노를 용서하지 못했다. 히노는 백우를 두고 먼저 떠남으로써 둘이 함께 떠날 기회를 박탈한 것이었다. 루와 리브처럼 자신도 히노와 함께 황야를 걸을 수 있었다. 괴물에게 물어뜯길망정, 마지막까지 함께할 수 있었다. 그런데 히노가 그것을 용납하지 않았다. 백우는 자신이 히노에게 버림받았다고 생각했다. 그래서 한동안 레시피를 쳐다보지도 않았다. 히노가 보고 싶어서 견딜 수 없을 것 같을 땐 그가 남긴 과자들을 먹으며 버텼다.

그는 여전히 문지기 일을 했고, 주로 하루의 대부분을 술에 의지했다. 황야 한복판에 사람들을 버리고 때로는 총구로 협박했다. 그들의 목소리와 눈물로부터 스스로를 차단했다. 안주 없이 술을 마시고 잠들면 꿈에 히노가, 히노의 잔상이 나왔다. 그는 점점 자신이 아버지와 닮아간다고 생각했다. 하지만 아버지처럼 오래 살고 싶지는 않았다. 계단에서 굴러떨어져서 죽고 싶지도 않았다. 그는 자신의 결말이 정해져 있다는 걸 알았다. 시간이 흐를수록 히노를 향한 화는 옅어졌지만, 의문과 그리움은 짙어졌다. 히노는 왜 홀로 떠났을까? 함께 가자고 묻지 않은걸까? 나를 믿지 못했나? 원망했나? 친구를 버리고 온 내가 괴물 같았을까? 질문은 점점 쌓이고 쌓여 무게를 더해갔고, 뾰족한 창이 되어 백우를 관통했다. 그를 후벼 파 피를 뽑아냈다.

더 시간이 흐른 후에, 백우는 히노의 파이를 만들려 했다. 새 오븐을 들여 반죽을 연습했다. 만취한 상태로 히노의 레시피를 연습하다가 집에 불을 낸 적도 있었다. 온 마을 사람들이 구경을 나올 정도로 큰불이었다. 완전히 전소된 탓에 오븐은 더 이상 쓰지 못하게 되었다. 아이러니하게도 불타 무너져가는 집 안에서 그는 아직 파이를 만들지 못했다는 이유로 악착같이 살아 나왔고, 구조된 백우를 향해 누군가는 혀를 찼다. 결심의 순간은 수시로 찾아왔지만 완성까지는 도달할 수 없었다. 파이 만들기는 매번 허무한 이유로 실패했다.

하지만 어린 조카마저 황야에 내버리고 온 지금은 뭔가 달랐다. 그는 바로 오늘이야말로 파이를, 가장 완벽한 히노의 파이를 만드는 날임을 확신했다.

어린 조카는 말했다. 병도, 괴물도 없다고. 그저 낯선 몸이 있을 뿐이라고. 자신이 바로 그 증거라고. 조카는 등에 눈을 가지고 태어나 멀쩡하게 십수 년을 살았고, 마찬가지로 여러 개의 눈을 가진 평범한 외지인과 함께 떠났다. 백우가 버린 친구를 찾기 위해 한 번도 벗어난 적 없는 터전을 나섰다. 백우는 다시 돌아올 수 없는 길을 떠나는 아이의 뒷모습을 떠올렸다. 그리고 황야의 뙤약볕 밑에서 트렁크를 열었을 때, 그 안에 웅크리고 누운 낯선 아이를 보며 어느 날의 히노를 회상했다. 난생처음 타운 밖으로 나와 마음껏 달리던 히노, 창밖으로 상반신을 내밀고 강한 바람에 맞서던 히노, 히노와 함께 보았던 쏟아질 듯한 별들…….

히노, 나는 그 무수한 별의 수만큼 내가 두고 온

사람들을 생각해. 우리의 손에 묻은 피와 파이를 먹은 사람들을, 그들에게서 빼앗은 시간과 그들이 가질 수 있었던 모든 걸 생각해. 우리가 지금껏 믿어온 것에 대해서. 돌아갈 수 없는 길을 너무 멀리 왔다는 생각이 들어. 그러니 오늘은 꼭 파이를 완성하고 싶어.

할 수 있겠지?

*

―미트파이 속 만드는 법

1. 1cm~2cm 간격으로 네모나게 썬 소고기에 소금으로 밑간을 한다.
2. 양송이 버섯, 당근, 양파를 손질한다.
3. 오일을 두르고 팬에 소고기 먼저 볶는다.

…

9. (마지막! 중요!) 조리대 위 노란 튤립이 그려진 찬장에서 빨간색 하트 스티커가 붙여진 갈색 병을 꺼내 내용물을 티스푼으로 한 숟갈 넣는다. (그 이상은 넣지 않는다. 중요!)

10. 함께 버무린다.

—오븐 굽기에서 계속.

백우는 완성한 파이를 바라보았다. 다섯 시간하고도 사십팔 분 만에 만들어진 파이는 꼭 히노가 만든 것처럼 완벽해 보였다. 가장자리가 약간 타긴 했지만, 이 정도는 히노와 구 노파도 저지르던 실수였으니 괜찮지 않을까? 그는 만들어진 따끈따끈한 파이를 조심스레 피크닉 바구니에 넣었다. 조리대 위의 갈색 병은 다시 원래 자리에 올려두었다. 난장판이 된 조리실을 다 치운 후, 구 노파에게 인사까지 건네고 나니 시간은 어느새 어둑한 저녁이 되었다. 이제 늦은 피크닉을 떠날 시간이었다.

백우는 바구니를 들고 지프에 올랐다. 그는 타운 밖으로 달렸다. 문지기가 문을 넘어서는 것은 당연한 것이었으므로 검문대의 문지기들은 백우를 붙잡지 않았다. 그는 황야의 어둠을 가로지르며 언젠가 히노와 함께했던 피크닉을 떠올렸다. 타운으로부터 얼마나 왔는지 가늠할 수 없는 그곳에서, 그는 멈췄다. 자동차의 시동까지 끄자 완전한 어둠이 그를 반겼다. 이제 그에게 남은 건 히노의 레시피로 만든 파이뿐이었다. 파이에서는 무슨 맛이 날까? 히노가 만든 과자들처럼 달콤할까?

대나무 바구니의 뚜껑을 열고 파이를 꺼냈다. 설탕을 발라 구운 표면은 조금 끈적했다. 백우는 어둠 속에서 히노와 함께 보았던 밤하늘을 바라보며 파이를 한입 베어 물었다. 고기와 야채, 버섯과 독약이 어우러진 그레이비소스가 입 안으로 밀려들었다. 약물 때문인지 상상했던 맛보다는 조금 씁쓸했다.

마지막 식사의 맛.

그가 평야에 두고 온 이들도 개중 일부는 같은 맛을 느꼈을 터였다. 그는 파이를 천천히, 천천히 꼭꼭 씹어 삼켰다. 파이를 다 먹어치우고 얼마 지나지 않아 눈꺼풀이 무거워지기 시작했다. 백우는 그 중력을 거부할 생각이 없었다. 기다려왔던 잠이자 히노에게로 향하는 다리가 목전에 도래했다. 그는 마지막 밤하늘을 올려다보았다.

그런 다음 눈을 감았다.

*

어디선가 새소리가 들려왔다. 백우는 살갗을 간질이는 아침 공기를 느끼며 눈떴다. 지평선 너머로 떠오르는 해를 바라보며, 그는 뭔가 이상하다는 생각을 했다. 그러니까 가볍게 떠지는 눈 같은 게, 상쾌한 공기와 서늘한 바람을 제대로 감각하는 피부 같은 게, 어떤 통증도 느껴지지 않는 몸뚱이가 이상했다. 독약이 든 파이를 먹은 그는 다시 눈뜰 수 없었다. 그러면 안 되었다. 혹시 이곳이 사후 세계인가 하는 생각도 들었으나, 사방으로 펼쳐진 익숙한 풍경은 사후 세계와는 영 거리가 멀었다. 당황한 그는 마른세수를 한 후 차에서 내렸다. 몸이 가볍다. 모든 감각은 이전보다 선명하고, 풍성하게 와닿았다. 간만에 아주 깊은 잠을 자고 일어난 기분. 기분? 기분이 아니다. 그는 단지 잠을 자고 일어난 것이다.

백우는 떨리는 손으로 피크닉 바구니를 뒤집었다. 떨어지는 몇 개의 파이 부스러기가 전부였다. 전날 그는 분명 히노의 레시피로 만든 파이를 먹었다. 먹었다는 사실 자체가 꿈일 리는 없었다. 텅 빈 바구니와 부스러기가, 입 안에 남은 단내가 그 증거였다. 불현듯 구 노파의 목소리가 스쳤다. 모든 재료는 전부 그대로라고 했다. 백우는 히노의 레시피를 되짚었다.

갈색 병 속 약물 한 스푼. 노란 튤립이 그려진 조리대 위의 찬장, 빨간색 하트 스티커.

구 노파의 관절염이 악화되면서 조리대를 맡은 건 히노였다. 히노는 황야에서 돌아와 조리실 안에 처박힌 나날 동안, 어깨를 찢고 새 손들이 날개처럼 자라는 동안 무엇을 한 걸까? 정말 방 안에만 있었나? 독약을 흘려보내고 부드럽게 빻은 수면제나 소화제를 채워 넣는다 한들, 파이를 먹는 사람이 아니면 모를 일이었다.

백우는 히노가 사라진 이후로 자신이 파이와 함께 내보낸 사람들의 얼굴을 떠올렸다. 기억하려고 애쓴 적 없던 얼굴들이 신기하게도 한 명도 빠짐없이 기억났다. 조카가 전한 진실과, 이마에 세 번째 눈을 가진 외지인과, 히노의 못생긴 쿠키와, 히노의 어깨에 날개처럼 돋아난 손들, 여덟 살 생일 할아버지의 인사도. 가장 마지막에는 황야를 가로지르는 히노를 생각했다. 그는 차에서 나와 활짝 열린 차 문을 붙잡고 섰다. 그리고 곱게 접은 히노의 레시피를 다시 꺼냈다. 너무 자주 읽어 레시피의 모서리는 너덜너덜했고, 잉크의 색은 처음 발견했을 때보다 옅었다. 짠 물방울에 번져 지저분해진 항목의 제일 밑에 적힌 글자를, 그는 오랫동안 눈에 담았다.

우리는 언젠가 황야 너머에서 다시 만날 수 있을 거야. 널 위한 쿠키를 구워둘게.

사랑해, 백우.

램

　　이교의 그런 얼굴을 본 건 처음이었다. 뭐랄까,
엉뚱한 사람이 끌려가는 걸 목격한 진범의 표정이랄까.
늘 감정의 변화를 감추기 위해 애쓰던 이교였다. 죽기
전에 그런 얼굴을 볼 수 있어서 다행이라고, 램은 황야
의 한복판에서 생각했다.

　　눈앞에는 식은 미트파이가 놓여 있다. 문지기
에게 총대로 맞은 어깨가 빠질 것처럼 아팠다. 전부 불
가능할 걸 알면서 구질구질하게 애원한 자신 탓이었
다. 램도 알았다. 문지기에게는 아무 힘도 없으며 그 역
시 장로와 타운의 뜻에 따라 움직이는 기사일 뿐이라

는 걸. 하지만 그런 상황에서 의연할 수 있는 이는 없다고 확신한다. 처음 황야에 놓였을 땐 숨만 쉬어도 당장에 괴물이 되어버릴 것만 같아 불안했는데, 막상 이렇게 밤이 되니 그런 두려움보다는 이 심해 같은 어둠 안에서 무엇을 해야 할지에 대한 막연함이 더 위협적이었다. 문지기에게 울고불고 매달리며 감정을 다 소모한 탓인지 램은 스스로가 꽤나 덤덤하다고 느꼈다. 원래들어주는 사람이 있어야 떼도 쓰는 법이다. 램은 광활한 이곳에서 온전히 혼자였다. 저 지평선 끝 어딘가에 끔찍한 괴물이 있을지도 모르지만 적어도 지금 이 순간만큼은 완전한 혼자에 가까웠다.

이제 무엇을 해야 하나?

사실 선택지는 하나였다.

램은 고개를 들어 하늘을 바라봤다. 무수한 별들이 반짝였다. 죽으면 저 별들 중 하나가 될 수 있겠지? 별이 되면 먼 곳에서 이교를 지켜볼 테다. 나 없이 어떻게 지내는지, 얼마나 울고 괴로워하는지 모조리 훔쳐봐야지. 그러다 가끔 너무 힘들어 보이면 잠시 내려와 어깨 정도는 쓸어줄 수 있지 않을까? 너무 멀쩡해 보이면 그거대로 마음에 들지 않을 것 같다. 만약 그렇다면, 집

안의 모든 접시를 깨뜨려서 겁을 준 후 돌아갈 거다. 집에 들러서 엄마와 동생들이 잘 지내고 있는지도 확인해야겠다. 이런 몸으로는 가족들을 볼 수 없지만, 유령이 되어 자유로워지면 얼마든지 함께할 수 있을 테니까.

오랫동안 비어 있던 위장이 재촉을 시작했다. 램은 시시껄렁한 다짐과 함께 파이를 베어 물었다.

파이는 아무리 좋게 말해도 맛있다고는 할 수 없었다. 페이스트리 안의 고기에서는 불쾌한 약물 맛이 났고, 표면은 너무 달고 바삭해 기이한 조화를 이루었다. 램은 그래도 꼭꼭 씹어 삼켰다. 한 입 가지고는 어딘가 부족한 것 같아 그냥 한 판을 다 먹어치웠다. 어서 빨리 유령이 되고 싶었다. 얼마 뒤 묵직한 잠이 쏟아졌고, 램은 차가운 바닥에 대자로 뻗은 채 눈을 감았다. 이제 정말 끝이구나. 이미 천사 혹은 유령이 된 양 양팔을 쭉 뻗고 날갯짓했다. 그의 움직임은 점차 잦아들었고, 이윽고 한낮의 볕에 영혼까지 메말라진 듯 멎었다.

그런데 죽지 않았다.

이상하다. 램은 멍하니 중얼거렸다. 이상하다, 이상해. 깊은 잠을 자고 일어났을 뿐이다. 눈을 떴을 땐 동이 막 트기 시작하는 새벽이었다. 다행히 엄마가 챙겨준 두꺼운 파카와 몸에 딱 붙는 내복은 황야의 밤을 버티게 해줄 만큼 따뜻했고, 램의 체온을 적당하게 유지시켜주었다. 입도 돌아가지 않았다. 애초에 황야의 밤이란 낮에 달궈진 온도를 조금 식히는 시간에 불과한 듯했다. 램은 졸음이 남은 눈두덩이를 손바닥으로 비비며 이게 도대체 어떻게 된 일인가 생각했다. 파이란 추방자들을 다가올 고통에서 해방시켜줄 유일한 배려라고 배웠다. 괴물들의 위협과 배고픔과 공포로부터. 그런데 어째서 자신은 죽지 않은 걸까?

이 기묘한 현상의 전말을 밝힐 유일한 파이는 이미 배 속으로 사라진 후였다. 곰곰이 생각한 결과, 경우의 수는 두 개였다. 자신이 어떤 유독한 독극물도 통하지 않는 엄청난 체질을 가졌거나, 처음부터 파이에는 아무 독약도 들어 있지 않았거나. 물론 둘 중 무엇도 증명할 수는 없었다. 다만 이 징후가 지금 램의 처지에 있어 긍정적일지 부정적일지를 점쳐볼 수는 있었다.

이제 파이는 남아 있지 않다. 램은 황야의 한복판에서 살아남아버렸다. 살아남았으니 살아야 한다. 이번에도 선택지는 풍족하지 않았다. 램은 문득 어느 순간부터 자신의 의지와는 상관없이 모든 일이 급류처럼 빠르게 밀려들었다고 생각했다. 언제부터였나? 자고 일어났더니 목뒤에 평소와는 다른 말캉한 덩어리가 만져지던 그때? 친구들과 함께한 마지막 수영이었나? 그것도 아니라면…… 어쩌면 둠스데이 이후의 세상에서 눈 떠버린 순간 이 모든 건 예견된 것이었을까?

보이지 않는 강풍을 타고 지금에 이르렀다. 눈을 질끈 감고서 간신히 버티고만 있었을 뿐인데 황야에 도달했다. 그나마 다행인 건, 램이 가정한 두 가지 경우 모두로부터 어떤 희망을 발견했다는 것이다. 그는 양반다리를 하고서 도인처럼 앉아 곰곰이 따져보았다. 첫 번째, 파이 안에 제대로 독이 들었을 경우. 만약 자신이 어떤 특이 체질을 가지고 있어서 유독 물질이 통하지 않는 사람이라면, 이미 몸에 뿌리내린 병 역시 다른 이들보다는 진행이 느릴지도 모른다. (근거는 없다. 치사량의 독도 해독하는데, 병균도 마찬가지이지 않을까 생각했을 뿐이다. 게다가 몸에 이목구비가 생긴 감염자들이 완전히 자의식을 잃고 괴물이 되기까지 시간이 얼마나 걸리는지도 모른다. 램은 뒤늦게 학교에서 왜 그런 중요한 것들을 가르쳐주지 않는 건가 생각했다.)

언젠가 괴물이 되어 황야를 떠돈다 한들 램은

그 시기를 최대한 늦추고 싶었다. 파이도 없는 마당에 스스로가 기억과 감정을 모두 잃고 식욕만 남은 괴물이 된다고 상상하면, 그 상태로 이 황야를 배회하며 또 다른 추방자들을 잡아먹을 수도 있다고 생각하면 너무 무서웠다. 그렇게 되기 전에 어떻게든 죽음에 이를 것이다. 돌에 머리를 찧어서라도.

그리고 두 번째 경우. 만약 파이에 애초부터 독이 들어 있지 않았다면 그건 노쇠한 조리사가 저지른 단 한 번의 실수일까 아니면 장로들 몰래 오래 지속되어온 전통의 구멍일까? 저처럼 유령이 되기를 결심한 이들은 이전에도 분명 있었을 것이다. 타운의 역사는 오래되었고, 매년 열 명에서 최대 스무 명 안팎의 사람들이 떠났으니까. 램은 그들의 최후가 궁금했다. 그들의 결말은 곧 자신의 결말과도 같았다. 파이를 먹고 죽지 못했다면, 모두 괴물에게 잡아먹혔을까? 혹은 집요하게 살아남아 마찬가지로 괴물이 되어버렸을까? 세상의 모든 일에는 예외가 있기 마련인데 단 몇 명이라도 살아남은 사람이 있지는 않을까? 만약 그렇다면 그들은 어디로 갔나. 어디론가 갔다면, 그곳은 어디인가.

램은 불쑥 언젠가 이교와 나누었던 대화를 떠올

렸다.

'어쩌면 다른 타운이 있는 거 아닐까?'

'다른 타운?'

'장로님들은 우리가 저주병 이후 살아남은 유일한 인류라고 했잖아. 그런데 그게 아니라면? 사실 지구 반대편에, 아니 지구 반대편까지 갈 필요도 없이 아주 가까운 곳에 다른 타운이 있다면? 그 타운은 우리 타운보다 훨씬 크고 발전해서 비행기도 있는 거지. 난 그랬으면 좋겠어. 네 삼촌이 본 게 사실이면 좋겠어. 타운 밖에 정말 괴물들 말고는 아무것도 없다면, 타운이 끝이라면…… 너무 외롭잖아.'

이교의 삼촌은 비행기를 보았다고 했다. 물론 그는 허구한 날 만취 상태이기 때문에 헛것을 보았을 가능성이 훨씬 컸다. 하지만 그 외에도 이교와 램은 타운 밖에 대한 멋진 상상들을 나누었다. 그런 이야기를 하면 이교는 눈에 띄게 즐거워했다. 꼭 언젠가 그곳에 갈 사람처럼 말이다. 사실 램이 내뱉은 상상 중에는 스스로 생각하기에도 영 말이 안되는 게 많았다. 순전히 이교의 반응을 보는 게 즐거워 더 다양한 상상을 입에 담은 것이다. 예를 들면, 인간을 잡아먹지 않는 착한 괴물들이라든가. 그들이 모여 사는 도시에는 백신이나 치료제 같은 게 발명되었을지도 몰라. 저주병이 나타난 지는 아주 오래되었잖아. 그럼 이교는 붉게 상기된 얼굴로 간절히 중얼거렸다. 정말 그랬으면 좋겠다. 타운은 너무 좁고 답답해. 좁은 우리 안에 갇혀 있는 기분이야.

그리고 지금, 램은 불쑥 깨달았다. 그 꿈에 가까운 가정들을 직접 확인해볼 기회라는걸.

"어쩌면 진짜일지도 몰라. 아니, 분명히 진짜일 거야."

램이 어떤 근거도 없이 그렇게 확신하는 건 아니었다. 그는 저린 다리를 주무르며 일어나, 한결 밝아진 주변 풍경을 훑었다. 황야는 평온했다. 기이할 만큼 평온했다. 시신도, 백골도 없었다. 간혹 잡초들만 흔들릴 뿐이었다. 황야를 나간 이들은 그리 많은데, 식인을 하는 괴물들이 도사리고 있다는데 이렇게 아무것도 없다니. 살점도 비명도 피비린내도 없었다. 문지기의 차에 올라 타운 밖을 내달렸을 때부터 든 위화감이었다. 어쩌면 그저 죽음과 미래가 두려운 자신이 어떻게든 다른 갈래를 만들기 위해 합리화하는 것일 수도 있었다.

하지만 역시 이상하다. 황야는 너무 고요했으며 어떤 죽음의 냄새도 풍기지 않았다.

타운의 학교에서는 매년 타운 밖을 상상하는 사생 대회가 열렸다. 램은 인간의 두개골과 짐승의 누런 뼈들이 발 디딜 곳조차 없이 가득한 지옥을 그렸다. 시시때때로 비명을 닮은 울음소리가 들려오며, 발끝에 썩어가는 살점이 채는 곳. 램뿐만 아니라 대부분의 학생들이 엇비슷한 풍경을 그렸다. 더 끔찍하고 잔인할수록 입상할 가능성은 높아졌다. 실제로 학교 선생님들은 바깥을 그와 비슷하게 묘사했다. 병에 걸려 괴물이 된 이들이 얼마나 끔찍한지, 얼마나 탐욕스레 사람 고기를 씹어 삼키는지를 말했다. 그 말만 들으면 타운 밖의 황야에서는 단 십 분도 생을 연명할 수 없을 것만 같았다. 하지만 지금, 한잠을 푹 자고 일어나도록 램은 멀쩡했다. 괴물은커녕 그림자도 없었고 그를 위협하는 건 오로지 아직은 견딜 수 있을 만큼의 추위와 허기, 그리고 외로움뿐이었다.

이윽고 해가 완전히 떠올랐다. 한참을 찬 바닥에 앉아 있었더니 배에 한기가 들었다. 어떤 경우든 가장 중요한 사실은 램이 살아남았다는 것이다. 그리고 그 앞에 끝이 보이지 않는 땅이 펼쳐져 있다는 것이다. 램은 엉덩이를 털고 자리에서 일어섰다. 일단 걸어야 할 것 같았다.

그는 걸었다. 계속 걸었다. 목표는 하나였다. 최대한 멀리 가는 것. 타운으로부터 있는 힘껏 멀어지는 것. 엄마가 채워준 손목시계가 있었으므로 틈틈이 시간을 확인했다. 한 시간을 걷고 십오 분을 쉬었다. 한 시간 삼십 분을 걷고 널브러져 삼십 분을 잤다. 바람이 불어와 퉁퉁 부은 얼굴에 흙먼지가 묻었다. 아, 씻고 싶다. 물 마시고 싶어. 푹신한 곳에 눕고 싶다. 램은 뒤늦게 울고 싶어졌지만, 눈물 역시 수분을 빼앗기는 거라고 생각해 있는 힘껏 참았다. 그리고 다시 걸었다.

그러다보니 밤이 되었다. 하루 종일 걸었는데도 제자리걸음을 한 것마냥 주변 풍경은 변한 게 없었다. 황량한 벌판. 그나마 모양이 다른 나무들이 듬성듬성 솟아 거리감을 잃지 않을 수 있었다. 황야에서 마주하는 두 번째 밤이었다. 얼마나 멀리 왔는지는 알 수 없었다. 타운도, 황야의 끝도 보이지 않았다. 가장 이해가 안 되는 건, 아직까지 괴물은커녕 괴물의 흔적조차 발견하지 못했다는 점이었다. 그쯤 되니 램은 오기가 생겼다. 나타나야 할 게 나타나지 않으니 더 지치는 기분이었다. 괴물은 도대체 어디에 있는가? 어디 땅굴에 저들끼리 숨어 때를 기다리고 있는 건가? 어두운 황야의 한복판에서 크게 소리를 질러보기도 했다. 램의 목소리는 바람을 타고 멀리 날아, 돌아오지 않았다. 메아리조차 없었다. 램은 사실 자신이 이미 죽었고, 황야의 모습을 한 지옥에 떨어져 무한히 걷는 형벌을 받고 있는 것은 아닐까 상상했다. 그렇지 않고서야 이 적막을 설명할 수 없지 않나…….

"아니, 그럴 리가. 아직 고작 이틀째야. 시간으로는 이십사 시간이 채 되지 않았다고."

그래, 일주일도 한 달도 아닌 고작 이틀째였다. 황야는 광활하고, 자신은 그 안의 작은 점에 불과하다. 그건 괴물들 역시 마찬가지다. 점과 점이 만나는 건 운명과도 같은 일이다. 그는 고개를 흔들어 마음속에 싹트는 불안과 의심을 떨치기 위해 노력했다. 그러니까, 적막이 온전한 적막이라는 걸 받아들이면 직면해야 하는 두려운 진실 말이다. 상상과 가능성으로 싹을 틔워 지금 램의 머리에 뿌리내린 단 한 가지 질문. 그에 대한 답.

괴물 같은 건 사실 없었던 것 아닐까?

그는 다시 고개를 저었다. 아직 의심은 일렀다. 평생을 타운에서 나고 자란 램은 자신이 그런 가정을 떠올렸다는 사실만으로 어떤 죄악감과 수치심을 느꼈다. 그는 손을 들어 목뒤에 생긴 입술을 만졌다. 바싹 말라서 더는 부드럽지 않은 입술이었다. 까끌한 감촉 밑으로 조그맣고 울퉁불퉁한 이빨이 닿았다. 이 구멍은 어디까지 이어져 있을까. 이 기관이 뭔가를 씹고 삼키는 날이 올까. 죽기 위해 파이까지 먹었는데 막상 살아나자 미래를 가정한다는 게 아이러니했다.

주변은 어느새 검은 먹물 속에 잠긴 듯 깜깜했다. 구름 너머로 비치는 어슴푸레한 달빛이 전부였다. 해가 진 후의 황야는 그리 가혹하지 않았지만, 새벽이면 차가워지는 피부는 램에게 고독감을 더했다. 눈과 코만 내놓은 채 파카 안에 애벌레처럼 몸을 파묻어도 불안이 만들어낸 가짜 냉기는 집요하게 피부를 핥았다. 뾰족하게 비늘이 난 맹수의 혀처럼 그것이 스밀 때마다 알싸한 통증과 함께 오한이 서렸다. 게다가 밤은 끔찍할 만큼 길었다. 아무리 몸을 둥글게 말고 무릎을 껴안아도 한기는 가시지 않았다. 램은 사실 그게 한기뿐만은 아니라는 걸 알았다. 무엇이라도, 누구라도 있으면 좋겠다. 아직 온기가 남아 있다면 시신조차 껴안고 잘 수 있을 것 같았다. 설령 괴물이라 한들 반갑게 맞이할 텐데.

그날은 배가 고프고 목이 말라 많이 자지 못했다. 황야 곳곳에 듬성듬성 자란 나뭇가지를 꺾어서 나오는 수액으로 겨우 버텼지만 갈증은 점점 더 심해졌다. 사람이 물을 마시지 않고 버틸 수 있는 건 최대 삼사일이라고 배웠다. 파이와 함께 콜라를 마시고 사십 시간 가까이 흘렀으니, 이미 죽음에 절반은 다가간 것이다. 잠결에 얼핏 물소리를 들은 것 같기도 했는데 너무 목이 말라 들리는 환청인지 아니면 근처에 진짜 뭐가 있는 건지는 알 수 없었다. 하지만 생각해보면 타운에는 외부에서 흘러온 가장자리 계곡이 있었고, 계곡의 물은 시내까지 흘러 타운을 관통했다. 물길은 황야에도 이어져 있을 터였다. 램은 이번에도 신기루 같은 희망을 붙잡기로 했다. 그리고 생을 유지하기 위해 일어섰다.

허기와 갈증을 잊기 위해 동이 트자마자 다시 걷기 시작했다. 한 번에 덮쳐온 그것들은 램의 모든 감각을 제 것처럼 주물러댔다. 낯설고 끔찍한 고통이었다. 간혹 발에 딱딱하게 굳은 파이와 짐승의 뼈가 채였다. 부패한 지 얼마 되지 않은 두개골을 보고 추방자의 시신인 줄 착각해 비명을 지르기도 했다. 자세히 보니 사람의 것이 아니었다. 주둥이가 뾰족한 것으로 보아 개 혹은 너구리의 것으로 보였다. 램은 골똘히 생각했다. 황야에도 짐승이 사나? 그래, 살겠지. 그 짐승들도 뭔가를 마시고 먹을 텐데. 짐승이 산다는 건 어쨌든 사람도 살 수 있다는 것 아닌가. 한 생명의 죽음을 마주하면서도 제 먹을 것에나 관심을 갖는 스스로가 짐승처럼 느껴졌다. 비참함을 뒤로하고서 두개골을 묻어준 뒤 그는 계속 갈 길을 갔다. 자신 이전에 누군가가 이미 지나간 길이라고 간절히 믿으며.

물줄기는 램이 만난 첫 번째 기적이었다. 어느 순간 공기가 달라지는 게 와닿았다. 습기가 짙었고 익숙한 물 냄새가 풍겼다. 야트막한 언덕을 넘자 가느다란 물줄기가 나타났다. 생물이 사는 곳에 물이 있는 건 당연하다고 하더라도, 모든 방향감각을 상실한 와중에 물줄기를 찾아낸 건 기적에 가까운 행운이었다. 그는 지금껏 느껴본 적 없는 거대한 희열과 기쁨에 휩싸였다. 굴러 떨어지듯이 달려가 그 안에 고개를 처박았다.

손으로 물을 퍼 입에 옮길 여유조차 없었다. 위장에 뭔가 들어가니 비로소 살 것만 같았다. 충분히 목을 축인 다음에야 참았던 숨을 크게 내쉬며 물줄기를 눈에 담았다. 타운의 내천보다 맑았다. 그는 간만에 파카를 벗고 몸을 씻었다. 한낮이라 알몸이어도 춥지는 않았다. 물줄기는 조금씩 가늘어졌지만 어쨌든 지평선 너머로까지 이어지는 것처럼 보였다. 그는 물줄기를 따라 걷기로 했다. 물소리와 함께 걷던 램은 문득, 제로가 아직도 가장자리 계곡에서 수영을 할지 궁금해졌다.

　　램은 고행자처럼 앞만 보며 계속 나아갔다. 사람의 몸이란 욕심이 끝이 없어서 갈증이 해소되자 이번에는 허기가 기승을 부렸다. 물로 채운 포만감은 잠시였고, 볼일을 해결하고 나면 오히려 더한 허기와 공허가 찾아왔다. 몸 안에 거대한 블랙홀이 생겨난 기분. 그 구멍이 끝내 스스로를 빨아들인 것이다. 황야의 까맣고 깊은 점이 되어 가장 밑바닥에 다다르겠지. 램은 살아남고서 처음으로, 제대로 파이를 만들지 않은 조리사가 원망스러워졌다.

　　바닥의 모래를 퍼서 입에 넣었다가 씹고 뱉기를 반복했다. 듬성듬성 난 잡초를 뜯어 먹었는데, 위장이 알싸하게 아프고 시야가 핑핑 돌았다. 포만감은커녕 위액까지 다 토해내는 바람에 허기는 더해졌다. 황야에서의 세 번째 밤이 다가오고 있었다. 램은 그를 지탱해주던 나뭇가지로 땅을 파기 시작했다. 미처 생각지 못했는데, 짐승을 땅에 묻어주면서 저 안쪽이 차라리 따뜻하겠다는 생각이 들었기 때문이다. 세 번째 밤은 그냥 날 자신이 없었다. 만약 먹은 풀이 잘못되어 유예된 끝을 맞이한다 하더라도, 허허벌판에서 마른 바람에 미라가 되는 것보단 움푹한 구덩이에 눕는 게 나을 것이다.

　　나뭇가지는 땅을 파고 이십 분이 채 지나지 않아 반으로 동강났다. 램은 입술을 악물고서 맨손으로 제가 누울 자리를 파기 시작했다. 그러는 사이에도 배 속은 쿡쿡 쑤셨고, 눈에서는 열이 올라 딱히 슬프지 않은데도 눈물이 죽죽 흘렀다. 손끝에서 피가 났고, 겹쳐 입은 파카는 엉망이 되었다. 그래도 멈추지 않았다. 이제 램이 할 수 있는 건 멈추지 않는 것뿐이었으니까. 가만히 있는 것보다 육체적인 고통에 집중하니 차라리 나은 것 같기도 했다. 타운을 거쳐 램에게까지 도달한 물줄기가 기피하던 기억을 들쑤셨다. 지나온 일상을 향한 미련이었다. 타운에 남은 가족들, 아직 어린 동생들과

늙어가는 엄마를 다시 보지 못한다고 생각하면 범람하는 계곡처럼 슬퍼졌다. 하지만 이미 타운을 거쳐 온 이 물처럼, 그곳에서 방출된 자신도 다시 돌아갈 수 없다. 그건 바뀌지 않는 단 한 가지 진실. 갈증의 해소와 함께 내내 외면하던 사실을 다시 마주한 램은 마음껏 울었다. 언제든 마실 수 있는 물이 옆에 흐르고 있기에 그 정도 눈물은 흘려도 괜찮았다.

주변이 완전히 어두워지고 나서야 얕은 구덩이가 완성되었다. 온종일 시간을 들였음에도 그리 깊지 않았다. 아직 다 자라지 않은 램이 간신히 웅크리고 누울 수 있을 만한 폭과 넓이였다. 램은 숨을 헐떡이며 제가 만든 무덤을 내려다보았다. 큰 숨을 깊게 들이마신 순간이었다. 등에서 시작된 강렬한 통증이 내장과 아랫배를 후비듯 관통했다. 램은 참을 수 없을 만큼 강력한 고통을 느끼면 아무 소리도 내지를 수 없다는 사실을 처음 알았다. 그는 입을 벌린 채 숨을 헐떡이며 신음했다. 나무껍질처럼 거칠어진 입술 가장자리로 침이 흘렀다. 통증은 가시기는커녕 약 올리듯 더 자주, 세게 찾아왔다. 허기를 참지 못하고 입에 밀어 넣은 풀뿌리가 문제였던 걸까? 뾰족하게 간 돌로 내장을 찧는 것만 같았

다. 램은 배를 부여잡은 채 구덩이 안으로 굴러 떨어졌
다. 그는 체온을 보호하려는 작은 동물처럼 몸을 둥글
게 만 채 눈을 감았다.

램은 감은 눈 너머로 무수한 환영들을 보았다.
죽은 자와 대화를 나누고 꿈과 과거를 가로질렀다. 그
순간 목격한 것이 어디서부터 어디까지, 또 어떻게 진
실인지 증명할 길은 없었다. 하지만 그 모든 게 일반적
인 시공간의 영역 밖에 존재한다는 건 알 수 있었다.

가장 처음 나타난 건 익숙하고도 그리운 타운의
풍경이었다. 마지막으로 보았을 때보다 훨씬 젊은 엄
마, 그리고 아빠. 어렸을 때 돌아가신 할머니도 있었다.
창틀이 흔들릴 정도의 강풍과 함께 맹렬한 울음이 울려
퍼졌다. 램은 자신이 태어난 순간을 목격했다. 주마등
같기도, 꿈 같기도 했지만 모두 아니었다. 그건 이루 말
할 수 없는 기이한 경험이었다. 장면은 계속되었다.

램은 짧은 시간 동안 태어나서 네 발로 기고, 가
족들의 이름을 부를 수 있게 되고, 두 발로 걸을 수 있
게 될 때까지의 모든 역사를 들여다보았다. 시점은 1인
칭이 아닌 3인칭이었다. 그 영상을 응시하며 램은 다름
아닌 신의 시점이 이럴까 궁금했다. 하지만 자신은 신

이라 한들, 아무것도 개입할 수 없는 신이었다. 그는 단지 그리워하고 이해하고 안타까워할 뿐이었다. 진짜 신의 권능도 이럴까? 그는 사실 모든 걸 볼 수 있지만 무엇도 바꾸지 못하는 것이다. 그리고 혼자 괴로워하는 것이다⋯⋯.

환영은 계속되었다. 지금껏 램이 만난 모든 타운 사람들의 기억이 이어졌다. 그중엔 이교와 교장 나침과 자신을 고발한 친구 제로도 있었다. 이교의 삼촌인 문지기와 파이를 만드는 구 노파와 제 발로 타운을 나갔다는 젊은 외지인 조리사도. 이교의 등에는 감은 눈을 닮은 상처가 있고, 이교는 그것을 평생 숨기며 살았다. 어차피 이제 와서는 진짜인지 가짜인지 알 수 없게 된 이야기였다. 믿거나 믿지 않거나 램에게 아무런 영향을 주지 못했다. 그래서 그는 믿기로 했다. 못된 마음이지만 램은 이교 역시 언젠가 타운에서 쫓겨난다면, 그래서 이 황야를 가로지른다면 그가 지금 자신의 고통을 이해할 수 있을 거라고, 단순히 추측하는 게 아니라 어떤 감각을 공유할 수 있게 될 거라고, 그러므로 그 잔혹한 여정의 끝에 다시 만날 수 있을 거라는 가능성을 남기고 싶었기 때문이다.

기나긴 기억의 터널을 지나 마지막으로 도달한 곳은 또다시 황야였다. 램은 황야에서 죽음을 맞이한 유령들을 만났다. 벌레 떼처럼 우글우글했다. 램이 아는 얼굴도 있었다. 이토록 많은 이들이 죽었다니. 타운은 소거법으로 유지되는 땅. 그렇다면 아주 오랜 시간이 흐른 뒤에 그 곳에는 몇이나 남게 될까? 울타리 안쪽의 주민보다 황야의 망령들이 더 많아질 수도 있겠지. 망령들은 자신이 어떻게 죽었는지, 죽음의 순간 어떤 감정을 느꼈으며 자신이 느낀 그 모든 비참함을 아직 살아 있는 램 역시 겪어야 한다고 저주했다. 누군가는 파이를 먹고 죽었고, 누군가는 아사했으며 또 누군가는 멀리서 다가오는 괴물의 실루엣을 발견하고 도망치다가 협곡에 떨어져 죽었다고 했다. 살아 있다는 건 질투의 대상이었고 램은 나약했지만 그에게는 질문이 남아 있었다. 램은 백골의 망령을 붙잡고 물었다. 눈구멍에서 손가락만 한 구더기가 기어 나왔다. 구더기는 구더기치고 꽤 빠르게 움직여서 얼핏 흰 눈물 같아 보이기도 했다.

"그래서, 괴물을 봤어? 그것은 진짜로 존재해?"

망령은 답하지 않았다. 램은 고개를 돌려 개미 떼처럼 득시글거리는 죽은 자들을 향해 외쳐 물었다.

괴물이 있냐고! 당신들 중에 괴물에게 잡아먹혀 죽은 사람은 없는 거야? 스스로의 목소리는 물속에 있는 것처럼 두루뭉술하고 먹먹하게 울렸다. 망령들은 한시에 침묵했다.

램은 지금 자신이 어떤 상태인지도 잊은 채, 반쯤 섬망 상태로 그들 사이를 가로질러 뛰었다. 열심히 발을 굴렀으나 진짜로 뛰고 있는지, 아니면 이 역시 환각에 불과한지 알 수 없었다. 램은 멈춰 서서 제가 뛰어온 길을 돌아보았다. 그곳에는 아무것도 없었다. 더 이상 아무것도 보이지 않았다.

갑자기 시야가 어둡고 붉게 번쩍였다. 눈꺼풀과 두개골 안쪽에 불이 번지듯이. 감각과 인지력이 발작했다. 세상에 존재하는 온갖 소리들이 고막을 찌르고 혀에서는 쓴맛이 났다. 또다시 고통이 시작되었다. 램은 정신을 잃었을 때와 마찬가지로 벼락처럼 눈을 떴다. 매끄러운 검은 벨벳 같은 밤하늘에서 별이 떨어지고 있었다.

"붉은 별."

그는 구덩이 안에 웅크린 채 떨어지는 별을 바라봤다. 별은 성난 짐승의 눈처럼 또 피처럼 붉었다. 저

렇게 붉은 별이 있을 수 있나? 아직 밤이었고, 몸은 이
상하리만치 가뿐했다. 고통 역시 불시에 온 것처럼 불
시에 사라져 전보다 옅었다. 여전히 환영을 보는 건가
싶었다. 램은 자신의 뺨을 세게 움켜쥐어보았다. 손가
락 사이사이로 제 체온에 금방 달궈진 살이 분명히 느
껴졌다. 그는 하늘에 시선을 고정시킨 채 눈을 깜빡였
다. 저 위의 그것은 별이라기엔 너무 빠르게 움직였다.
고장난 모빌 같았다. 램은 퍼석하게 마른 입술을 침으
로 겨우 축이며 일어섰다. 붉은 별이 포물선을 그리며
황야로 다가왔다. 아니, 곤두박질치고 있었다.

"말도 안 돼."

길을 잃은 반딧불이처럼 정처 없이 밤하늘을 수
놓던 그것은 어느 순간 직선에 가까운 선을 그리며 추
락했다. 중간에 더욱 작은 별이 떨어져 나온 것 같기도
했다. 램이 제 뺨을 꼬집거나 어, 어 하는 소리를 내며
시신경을 의심하는 사이, 붉은 별은 고철과 땅이 부딪
히는 듯한 파열음과 폭발음을 내며 황야 한복판에 처박
혔다. 난생처음 듣는 소리였다. 베일 같은 모래의 장막
이 램를 덮침과 동시에 두 발을 딛고 선 바닥이 진동했
다. 램은 양팔로 얼굴을 가리고서 다시 구덩이 안에 몸

을 숨겼다. 그 순간, 이교의 목소리가 망령의 것처럼 지척에서 들려왔다. 삼촌이 비행기를 보았다고, 정확히 그렇게 말했다.

바닥을 타고 울리는 진동이 멈춘 후, 램은 구덩이 밖으로 빼꼼 눈을 내밀었다. 저 멀리 연기가 피어올랐다. 멀었지만 눈에 보인다는 건 충분히 갈 수 있는 거리란 뜻이었다. 그는 세상의 비밀을 발견한 모험가처럼 나아가기 시작했다.

오랜 시간을 걸은 끝에, 그는 불타고 남은 붉은 별의 잔해를 마주했다.

광택이 흐르는 흑색 고철 덩어리. 그것은 램이 상상하던 형태와는 좀 달랐다. 끝으로 갈수록 좁아지는 원통형도 아니었고, 날개나 전체적인 크기도 좀 작아 보였다. 이교에게 듣기론 한 번에 수백 명을 태울 수 있었다던데, 이건 기껏해야 서너 명이 한계로 보였다. 램은 선뜻 다가가지 못하고 주변만 빙빙 맴돌았다. 조종석이 있는 것으로 보아 사람이 있었을 텐데 안쪽에는 아무도 없었다. 흙먼지로 엉망이 된 진회색 가죽 의자뿐이었다. 이 엄청난 기계를 다룰 수 있을 정도의 지능이라면 감염자는 아닐 테다. 램은 둥그스름한 몸체의

꼭대기에 달린 길고 얇은 쇠판이 회전을 완전히 멈추고 나서야 그 내부에 발을 들였다. 살벌한 소리는 곧 멈췄고, 비행기의 주변을 감싸던 모래 막도 잦아들었다. 램은 비밀 너머를 향해 나아갔다.

조종석에 앉아 주변을 둘러보았다. 가장 먼저 눈에 띈 건 조수석 밑에 떨어진 에너지바였다. 포장지에 쓰인 글자는 타운에서 쓰는 말과 다른 듯 비슷했다. 땅콩이나 곡물이 시럽과 함께 엉켜 있는 그림을 보니 먹을 수 있는 건 확실해 보였다. 다급히 포장을 뜯어 한입에 넣고 백 번은 씹었다. 더 씹을 게 없을 때까지 씹어서 삼키자 다 표현할 수 없는 감동이 밀려왔다. 이곳에서 램은 태어나서는 한 번도 느껴본 적 없는 강렬한 감각을 몇 번이나 거쳤다. 전율에 가까운 오감이었다. 램은 뒤늦게 인정했다. 자신이 사실 단 한 번도 죽고 싶어하지 않았다는 걸. 심장이 뛰고 피가 돌며 근육의 이완과 수축을 반복하는 몸이 살기를 원했다는 걸. 램은 길게 숨을 내쉬었다. 그리고 비행기 안을 샅샅이 뒤지기 시작했다.

에너지바 한 박스, 감자칩 세 봉지, 생수와 팩으로 된 오렌지주스, 침낭, 찌그러진 소다 캔, 팝콘과 휴지,

커다란 눈이 그려진 책, 투명한 돌고래 모양 열쇠고리와 구멍난 장갑, 지저분한 양말, 생전 처음 보는 만화책들, 바닥에 검은색 자국이 말라붙은 머그컵, 퀴퀴한 냄새가 나는 텀블러, 낯선 동전들, 헬멧, 다리가 금박으로 된 선글라스, 그리고…… 내부 벽 곳곳에 붙어 있는 사진들.

램은 사진들을 뚫어져라 쳐다봤다. 사진은 여러 개가 있었지만 대부분은 가족사진이었다. 아마 이 자그마한 비행기 주인의 사진이겠지. 사진 속에는 네 사람이 있었는데, 넷 모두 타운의 사람들과는 거리가 멀었다. 차라리 지금의 램과 가까운 모습이었다. 여러 개의 눈, 정상 인류의 기준으로는 너무 적은 팔과 너무 많은 다리, 있어서는 안 될 곳에 생겨난 기관들.

하지만 그들은 웃고 있었다. 평범하고 또 행복하게, 웃고 있었다.

*

램은 그 안에서 며칠을 지냈다. 대화를 나눌 상대가 없어 입에 단내가 나는 것 빼고는 아늑하기까지

한 시간이었다. 좌석의 등받이를 눕혀 위에 침낭을 깔고 잤다. 찌뿌둥하면 물줄기에서 몸을 씻었고, 배가 고파지면 과자와 통조림을 먹었다. 비행기의 좌석 뒤에 자리한 짐칸에는 식량이 더 많았다. 최대 한 달은 족히 버틸 수 있을 것 같은 양이었다. 이 기계의 원래 주인이 어떻게 되었을지까지는 생각하지 않았다. 책도 읽어보려 했지만 단어나 글자의 모양이 닮은 듯 달랐기 때문에 쉽지 않았다. 하지만 분명 유사한 부분이 있었다. 두 언어는 아마 같은 갈래에서 뻗어 나온 것일 테다. 램은 생각날 때마다 제 목뒤로 손을 가져갔다. 낯설지만 더이상 부정할 수 없는 입은 굳게 입술을 다물고 있었다. 조금 세게 누르자 그 안의 단단한 이빨까지 느껴졌다. 손가락으로 주변을 더듬자 또 다른 굴곡이 만져졌다. 뼈가 아닌, 살짝 볼록하고 둥그스름한 감촉. 본래의 두 눈으로는 목뒤와 등의 사이 정중앙에 돋아난 그것을 볼 수 없었다. 하지만 램은 그것이 무엇인지 알 수 있었다. 눈을 봄으로써가 아니라 눈이 보는 세상을 통해서. 지문 밑의 살이 제 존재를 알리듯 움찔거렸다. 램은 오래된 두 개의 눈을 감고 손을 떼어냈다. 틈이 벌어지자 어둠이 아닌 익숙한 듯 낯선 풍경이 펼쳐졌다. 그것은 등

뒤의 풍경. 자신이 쉽게 놓치곤 했던 이미 지나온 길. 램은 자신의 모든 눈을 떴다. 정면을 보고 있음에도 뒤편의 풍경이 겹쳐졌다. 앞과 뒤가 합쳐진 세계는 꼭 전혀 다른 세상 같았다. 눈을 뜻대로 깜빡이기까지는 적응이 필요했지만, 그는 원하는 대로 세 번째 눈을 뜨고 감을 수 있다는 사실이 마냥 신기했다. 그는 이 눈을 이교에게 보여주고 싶다고 생각했다.

황야에 버려지고 며칠째인지 모르는 새벽이었다. 램은 낯선 소리에 눈떴다. 조종석 앞의 복잡한 버튼들과 작은 구멍에서 지지직거리는 소음과 함께 말소리가 들려왔다. 꿈인가 싶어 하품이나 하던 그는 보다 선명하게 들리는 음성에 튀어 오르듯이 다가가 귀를 기울였다.

〈위치…… 조난 신고…… 어디…… 괜찮……
거니?〉

알아듣기 힘들었지만 분명 사람의 목소리였으며, 처음 접하는 말투 혹은 사투리였다. 그래도 눈치를 더하면 무슨 뜻인지는 겨우 추측할 수 있는 말들이었다. 램은 그에 자신의 목소리와 언어로 답했다. 절박하게 응답했다.

"누구세요? 제 목소리가 들려요? 거기는 어디에
요?"

하지만 상대는 전혀 듣지 못하는 듯했다. 어느
덧 잠은 싹 달아난 후였다. 램은 조명을 켜고 계기판의
버튼들을 있는 대로 눌러댔다. 어떤 건 반짝 불이 들어
왔지만 대부분 누르나 마나였다. 그러다 스피커 옆의
스위치를 눌렀을 때였다. 고막을 긁는 듯한 마이크 소
음과 함께 상대가 한결 흥분한 목소리로 외쳤다.

〈소형 비행체 실종 신고가 접수되었습니다. 다
친 곳은 없습니까? 지금 연결된 위치 좌표로 구조대를
출동시키겠습니다. 두 시간 안에 도착할 것으로 예상합
니다. 그때까지 버틸 수 있으십니까?〉

스피커 너머에서 다수의 안도하는 목소리가 겹
쳐졌다. 생존 확인! 생존 확인! 램은 그에, 쉽사리 답하
지 못하고 간혹 앓는 소리만 뱉을 뿐이었다. 입은 다물
어지지 않았고, 세 개의 눈에서는 안도인지 기쁨인지
어쩌면 배신감인지 슬픔인지 모를 눈물이 끊임없이 흘
렀다. 목뒤의 입이 작게 벌어져 딱딱 이를 부딪쳤다. 지
금 자신이 어떤 기분인지 그는 확신할 수 없었다. 삶에
대한 기쁨과 지금까지의 믿음이 모조리 부서지는 충격

이 공존했다. 후련하고 고통스러웠다. 비참하고 설레었다. 구역감과 함께 희열이 들끓었다.

램이 답하지 않자 스피커 너머의 친절한 이들은 있는 힘껏 그를 위로하고 안심시키기 위해 노력했다. 램은 비행기 안에서 첫 잠을 자고 일어난 며칠 전을 떠올렸다. 안개 낀 새벽이었다. 그는 에너지바와 생수를 손에 쥔 채 더 나아갔다. 목뒤의 두 번째 입 밑에 자라난 눈은 램의 원래 두 눈보다 더 멀리 더 넓게, 또 선명히 볼 수 있었다. 세 번째 눈의 시야에 계속 뭔가가 거슬렸다. 그것을 확인해야만 할 것 같았다. 고작 한 시간 하고도 십 분을 더 걸어 도착한 곳은, 물줄기의 끝이었다.

가느다랗게 이어지던 물줄기가 직각으로 하강했다. 그곳은 절벽이었다. 가파른 절벽 밑은 까마득한 어둠이었다. 아찔하고 굽이지는 협곡의 틈새에 긴 다리가 놓여 있었다. 끊어진 다리였다. 램은 눈앞에 나타난 다리를, 그 건너의 철조망과 더 먼 곳에 비치는 높다란 건물들의 실루엣을 응시했다. 다리 앞에 선 그는 도망치듯 왔던 길을 달려 비행기로 되돌아왔다. 그리고 깊은 잠에 빠졌던 것이다.

그는 이교가 있는 꿈으로 향하며 계속해서 타운

과 황야를, 끊어진 다리와 그 건너를 곱씹었다. 우리가
두려워하던 것. 우리가 믿었던 것, 우리가 저지른 일들,
이제는 돌이킬 수 없는 사건들. 기억의 징검다리를 건너
꿈의 세계로 입장하면 이교가 기다리고 있었다. 그는 꿈
속의 이교에게 그 모든 걸 전부 말해주었다. 그곳을 벗
어나서야 마주하게 된 타운과 황야의 진실을 말이다.

이교, 황야를 지나면 다리가 나와. 그 다리를 지
나면 새로운 세상이 있어. 그러니까.

"같이 가자."

하지만 마지막 말을 내뱉는 데에는 매번 실패했
다. 오늘도 마찬가지였다. 램은 돌아오지 않는 답변을
기다리는 대신, 지금 이 순간 해야 할 말을 떠올린다. 그
리고 통신이 연결 중인 스피커 앞으로 메마른 입술을
가져다 댄다. 기계 너머의 사람들이 제대로 들을 수 있
도록, 그래서 나를 데리러 올 수 있도록. 무사히 다리를
건넌 내가 언젠가 너를 만나러 갈 수 있게. 연결 상태가
악화되었는지 소음과 말소리가 드문드문 끊어졌다. 램
은 응답했다.

"살려주세요……."

에세이

빛 나 는 모 형 들

1

동생의 취미는 요리와 베이킹이다. 잘 만드는 건 아니다. 그래도 열 번 중 세 번 정도는 먹을 만한 게 나온다. 모양은 도저히 못 먹게 생겼는데 의외로 무척 맛있을 때도 있고, 그럴 듯하게 생겨서는 맹탕이었던 적도 있다. 물론 나는 만들어주기만 하면 군말 없이 잘 먹는다. 한집에 사는 두 명 중 한 명은 만드는 데 취미가 있어서 다행이라고 생각한다.

요리를 즐기기는커녕 싫어하는 쪽이지만, 생의 마지막 실험에 임하는 과학자 같은 태도로 요리하는 동생을 지켜보는 건 심란함과 동시에 꽤 즐겁다. 싱크대에 밀가루 폭탄을 떨어뜨린 대가로 그럴듯한 에그타르트를 얻었을 땐 요리사도 과학자도 아닌 중세의 연금술사를 목격한 기분이었다. 겉은 바삭하고 속은 푸딩처럼 부드러운 노릇노릇한 에그타르트는 동생의 베이킹 역작에 속한다.

　　그날, 간만의 성공에 신이 난 동생은 본격 공장이라도 가동할 기세로 에그타르트를 구워댔다. 문제는 나도, 동생도 단 음식을 그다지 좋아하지 않는다는 거다. 반죽양이 적지 않았던 탓에 그날 탄생한 에그타르트는 무려 네 판, 그러니까 약 서른 개 정도였다. 우리가 각각 먹을 수 있는 개수는 세 개가 고작이었다. 친구들에게도 나눠주고 밥 대신 먹기도 했지만 몇 개는 끝내 버려졌다.

　　디저트류는 한 번에 먹을 수 있는 양이 정해져 있다. 찌개나 전골처럼 두 끼를 연이어 먹을 수도 없다. 나는 노력과 시간을 들여 오래 두고 보기는커녕 다 먹기도 힘든 걸 만드는 마음이 궁금했다. 한마디로 내 눈에는 비효율적으로 보였다. 음식은 먹기 위해 만드는 건데, 쿠키를 굽든 파이를 굽든 동생은 한두 개 맛보는 게 전부였으니까. 그럴 바에는 베이킹 말고 그냥 요리를 하는 게 어떠냐고 물었더니, 동생은 둘은 엄연히 만드는 재미가 다르다고 주장했다. 과자도, 단맛도 좋아하지 않지만 그 과정이 즐거우면 되는 거 아니냐고. 어쨌든 만들어진 결과물을 보면 맛과 상관없이 뿌듯하다고 말이다. 뭐라고 할 말이 없어 고개를 끄덕이고 말았다.

그러다 어렴풋하게나마 동생의 취향을 짐작하게 되는 일이 있었다. 재작년 겨울이었나, 가까운 대형 마트에 장을 보러 갔다가 세일하는 장난감 블록을 하나 샀다. 크리스마스가 목전이었기 때문인지 눈 내린 오두막 모양의 블록이 유독 아기자기해 보였다. 사놓고도 한참을 묵혀놓았다가 여유가 생겼을 때 조립을 시작했다. 이천 피스가 넘어 완성까지 시간이 꽤 걸렸다. 반쯤 조립하자 재미가 붙었다. 블록과 블록이 부드럽게 연결되고, 그 피스들이 또 모여 건축물의 형태가 되어가는 게 신기했다. 내 엄지손가락보다 작은 싱크대 위에 프라이팬과 소스 통이 놓였고, 그 앞에 사람 모양의 피규어들이 컵을 들고 섰다. 새끼손가락만 한 소파와 그보다 작은 꽃병, 전등, 트리와 눈싸움을 하는 아이들까지 정교하고 깜찍한 세상의 축소판이었다. 조립 설명서를 넘길 때마다 작은 성취감이 차올랐다. 당장의 한 단계를 해내는 것, 그래서 어떤 모습에 가까워지는 일. 거기에는 분명 즐거움이 있었다. 옆에서 멀뚱멀뚱 지켜보던 동생은 먹지도 못하는 걸 왜 만드냐며 내 질문을 똑같이 돌려줬고, 나는 그거랑 이거랑은 다르다는 뻔한 대꾸를 했다. 그런데 지금 와서 생각하니 그 둘이 정말 다른가 싶다. 먹지 않는 음식은 쉽게 상하는 모형이나 다를 바 없고, 블록이란 세상을 본떠 만든 장난감인데.

어린 시절, 동생과 나는 음식 모양 미니어처 지우개를 모았다. 지우개로서의 기능을 거의 하지 못하는 지우개였다. 우린 그걸로 인형 놀이를 하거나 작은 통속에 모아놓고서는 하염없이 바라만 봤다. 모형에 불과했는데 세상의 일부를 쥔 기분이었다. 작고 부드러운 가짜 음식들. 어차피 먹지 않는 것들. 우리의 취미는 그 지우개의 연장일지도 모르겠다. 동생은 씹고 삼키고 혀로 음미하는 음식으로서의 디저트가 아닌 그냥 디저트라는 오브제 그 자체를 좋아하는 것 같기도 하다. 심심하면 요리 유튜브를 보는데, 식사류 레시피를 볼 땐 맛있겠다고 말하고, 동화책에 나올 듯 아기자기한 디저트 레시피를 볼 땐 만들어보고 싶다고 말한다. 그 두 뉘앙스에는 분명 차이가 있다. 가끔은 '아, 별로 맛은 없겠다. 예쁜 건 하나같이 맛없어 보여'를 덧붙이기도 한다.

묘한 기분이 들었다. 세상을 본뜬 모형을 만든다는 점에서 소설도 크게 다르지 않은 것 같다. 진짜인 것처럼 굴지만 그건 결국 가짜고 가짜를 얼마나 진짜처럼 만드느냐가 중요하다. 만들어놓고 먹지 않는 디저트, 블록으로 만든 눈 내린 오두막, 손바닥만 한 트리, 샌드위치와 콜라 모양 지우개, 혹은 정교하게 반짝이는 음식 모형들. 진짜를 본뜬 가짜, 하지만 진짜와는 뭔가 다른 가짜.

블록을 완성했을 땐 눈이 뻑뻑한 새벽이었다. ASMR용으로 틀어놓은 영화는 진즉 끝나서 검은 화면에 삼성 로고가 날아다녔고, 동생은 자러 들어갔다. 그렇게 열심히 조립했건만 막상 오두막이 완성되자 5초 정도 기쁘고 끝이었다. 그저 그랬다. 마땅히 둘 곳을 찾아 올려두니 모든 감흥이 사라졌다. 뿌듯하긴 했지만 결과물 자체보다는 거기까지 도달하는 행위가 더 즐거웠다는 걸 부정할 수 없었다. 동생이 베이킹의 과정에서 느낀 즐거움도 이와 같을까. 블록을 조립하듯 물과 밀가루를 계량하고, 설탕과 버터 1그램에 눈에 불을 켜고 집중했겠지. 게다가 틀리면 부수고 다시 시작하면 되는 블록과 달리, 요리는 오븐에 들어가는 순간 돌이킬 수 없게 되니 일종의 스릴까지 더해진다. 구워져 나온 건 어찌 할 수 없다. 완성되는 순간 끝나버리는 기쁨이라니. 그건 좀 허무하다.

얼마 전에는 유튜브를 보던 동생이 미트파이를 만들어보고 싶다고 했다. 미트파이는 다진 고기를 삶아 만든 속으로 안을 채우는데, 동생은 삶은 고기를 먹지 않는다. 쓸데없이 입맛이 까다로워서, 소스 묻은 고기도 먹지 않는다. 미트파이는 동생이 절대 먹지 않을 음식이다. 그런데 영상 속의 먹음직스러운 파이를 보면 먹을 수 있을 것 같고, 무척 맛있을 거 같고, 그래서 더불어 만들어보고 싶다고 한다. 그 속을 조금은 알 것 같기도 하고, 여전히 모르겠기도 하고. 그런데 미트파이는 식사야, 디저트야? 일단 미트파이 만드는 건 한사코 말렸다. 그건 부엌이 너무 지저분해질 것 같았다. 청소는 내 담당이다.

2

작고 반짝이는 것이 좋다고 여기저기서 말했다. 그런 건 내 손안에 둘 수 있다. 서랍과 패브릭 상자 안에 숨겨놓고 볼 수 있다. 그것들은 대부분 단단하며, 도망가지도 사라지지도 않는다. 외할머니는 돌아가셨지만 할머니의 시간을 함께 산 금붙이와 오래된 돌은 아직 남아 있다. 세대를 거슬러 나에게까지 도달한다.

그런 면에서 진짜인 척하지만 가짜인 것도 좋다. 어떤 가짜는 진짜보다 영원하다. 이를 테면, 음식점 앞의 음식 모형들. 모형에는 모형이 가지는 미학이 있다. 그것들은 진열대 안에서 무수한 진짜 음식들이 만들어지고 버려질 동안 썩지도 상하지도 않는다. 선명한 색과 매끈한 광택으로 사람들을 붙잡아 맛을 상상하게 하고, 입맛을 돋운다. 모형은 실제보다 과장되거나 조악하거나 혹은 그렇기 때문에 아름답다. 도료와 레진과 찰흙의 힘이다. (EBS 극한직업 〈진짜보다 더 진짜 같은 가짜를 만드는 사람들〉 꼭 보시길.) 그러나 가짜인 척하지만 진짜인 건 별로다. 그런 건 일단 좀 재수가 없고, 방심하며 손을 가져다 대는 순간 폭 꺼져버리고 만다.

어렸을 때 다니던 단골 돈가스집 입구에는 불이 꺼지지 않는 진열대가 있었다. 돈가스집의 모든 메뉴들이 그리 정교하지 않은 실물 크기 모형으로 자리했다. 진열대 안에는 항상 할로겐 조명이 빛나고 있었고, 그 환한 빛에 가짜 음식들은 가짜스러운 광택을 뽐냈다. 본래 케첩보다 주황색이고, 본래 파스타 면보다 노라며, 본래 돈가스보다 딱딱해 보이는 모형들. 그런데 이상하게도 그 모형들이 더 맛있어 보였다. 실제로 나온 음식은 항상 상상보다 별로였다. 맛이 크게 실망스러운 건 아니었는데, 그냥 내가 상상한 모형의 맛에는 미치지 못했다. 지금 생각하면 바로 그게 음식 모형으로서의 충실한 기능 아니었나 싶지만, 당시에는 종종 배신감에 휩싸였다.

요즘에는 음식 모형을 두는 곳이 많이 없는 것 같다. 한동안 잊고 살았는데, 올해 3월 갔던 삿포로의 시장에서 어마어마한 음식 모형 진열대를 발견했다. 가게의 모든 메뉴들을 모형으로 만들어둔 듯, 붉은 벽돌로 벽 안쪽에 빼곡히 스무 개는 족히 될 법한 모형들이 자태를 뽐내고 있었다. 검색해보니 백 년이 족히 된 가게였다. 모형들은 바로 어제 만들어진 것마냥 맑은 광택이 흘렀고 당장 꺼내 먹어도 이상하지 않을 정도로 정교했다. 아홉 시가 넘은 시간이었다. 가게들이 대부분 문을 닫고, 아케이드의 끝에는 거친 눈발이 휘날렸다. 목도리와 마스크에 얼굴을 파묻고 지나다니는 사람들 틈에서 나와 동생은 그 진열대를 오래 바라봤다. 밤의 정적 속에서 모형들은 홀로 생기로워 보였다. 진짜보다 더 진짜 같은 가짜, 진짜라고 믿고 흔쾌히 내 시간과 혀를 내주고 싶은 가짜였다. 나도 바로 그런 걸 만들고 싶었다.

　　대부분의 이야기는 가짜다. 영화도, 소설이나 드라마도, 만화도 전부 그렇다. 실화를 기반으로 쓰였다 한들 작가의 손을 빌려 재구성된 이상 그것은 가짜 세상에서 말한다. 허구는 자신을 최대한 숨기려 할 때도 있고, 있는 힘껏 드러낼 때도 있지만 허구라는 것 자체가 사라지지는 않는다. 더군다나 내가 쓰는 이야기에는 대부분 초현실적이거나 판타지스러운 요소들이 등장하니, 음식에 빗대본다면 돈가스 소스가 노란색이거나 보라색인 모형을 만드는 꼴이다. (……소스는 말고 분홍색 샐러드가 있는 정도로 하자. 아무래도 보라색 소스는 입맛이 떨어질 것 같으니까.) 나는 이야기라는 세상의 모형을 있는 힘껏 사랑하는 사람이지만, 종종 드는 의심은 피할 수가 없다. 우리는 가짜를 왜 만드는 걸까? 동생의 말대로, 먹을 수도 없는 그것을 왜?

음식점 앞에 선 사람들은 진열대 너머의 모형이 모형에 불과하다는 걸 알고 있을 테다. 하지만 우리는 그것을 보며 진짜의 맛을 상상하고, 입맛을 다시고, 가게 안에 발을 들인다. 모형과 얼마나 비슷하고 얼마나 다른지 알기 위해 들어가는 사람도 있을 테고 마침 먹고 싶던 음식을 운명처럼 만나 문을 여는 사람도 있겠지. 돈가스 옆에 진짜 분홍색 샐러드가 나오는지, 나오지 않는다면 왜 모형에 분홍색 샐러드를 두었는지 생각하게 될 테다. 모형은 진짜 세상으로 우리를 유혹하는 미끼 혹은 문이 되기도 하지만 밤의 적막 속에서 홀로 조명을 받으며 그 자체로 주인공이 되어 빛나기도 한다. 최대한 먹음직스럽고, 진짜 같지만 어딘가 이상한, 이상해서 계속 바라보다 끝내 진짜라고 믿고 싶어지는 그런 걸 만들고 싶다. 나는 모형들이 좋다. 지면과 스크린 위의 진짜인 척하는 모든 이야기를 사랑한다. 그래서 일단은 계속하는 수밖에 없다.

4박 5일의 여행 동안 그 가게를 몇 번이나 지나

쳤다. 진열대는 늘 환했고, 아무리 늦은 시간이라도 조명이 꺼지는 법이 없었다. 모형들은 빛났다. 유리 안쪽에는 음식 모형뿐만 아니라 가게 사장님의 취향으로 보이는 조화와 빈티지 화병 등도 조화롭게 장식되어 있어, 그 자체로 어떤 예술품 같아 보였다. 다음에 삿포로를 간다면 그 가게에 들어가 음식을 주문해볼 테다. 그리고 모형이랑 얼마나 비슷하고 또 다른지 확인해봐야지. 어떤 가짜는 진짜보다 영원하다. 모형들은 아마 지금도 빛나고 있을 것이다.

끝나지 않는 세계의 조예은 원더랜드

— 이다혜(작가·기자)

조예은의 세계는 애틋하다. 무너진 세계에서도 빛바래지 않는 기이한 낭만의 흔적. 고어가 순정과 엮여들고, 죽음은 새로운 관계를 낳는다. 비극이 있어서 비로소 온전해지는 세계를 몇 번이고 경험하게 한다. 일상적인 풍경은 어떤 사건으로 완전히 짓이겨지고, 그 이후에 비로소 만나지는 세계가 주인공을 새롭게 살게 한다. 아버지가 어느 날 갑자기 좀비가 되고(「칵테일, 러브, 좀비」), 몸에 눈이 돋아나고 팔이 여러 개가 되는가 하면(「꿰맨 눈의 마을」), 삼촌이 남긴 건물 지하에는 장마철에 식성이 유난해지는 인어가 살고 있다(「입속 지느러

미」). 그런데 '그래도' 괜찮다. 어쩌면, 그래서 괜찮아졌다고 말해야 할지도 모르겠다.

『꿰맨 눈의 마을』의 첫 문장은 "이런 세상에 태어나게 해서 미안합니다."(9쪽)이며, 마지막 문장은 "살려주세요……."(166쪽)이다. 나는 이 두 문장 사이의 간극이 마음에 든다. 우리가 살아가는 세상을 꼭 닮은 짝이기 때문이다. '이런 세상'에 태어나게 해서 미안하다는 사람들은 미안한 마음으로 더 많은 사람들을 살아가게 독려하는 대신, 한 사람이라도 더 죽일 수 있는 기회를 놓치는 법이 없다. 생은 오로지 구별 짓기를 위한 것이다.

소설의 기본 설정은 이렇다. "이교가 태어나기 육십여 년 전, 인류는 멸망했다. 극지방의 빙하가 80퍼센트까지 녹아버린 게 그 시작이었다. 해수면이 높아져 몇몇 대도시들이 잠겼다. 통째로 사라진 나라도 있었다. 수시로 쓰나미가 들이닥쳐 원자력발전소들이 파괴되었고, 무너지면 안 되는 많은 것들이 무너졌다. 무수한 죽음과 난민들의 행렬이 이어졌다. 그 모든 유기적인 재난의 끝에 병이 등장했다. 빙하 깊숙한 곳에 얼어 있던 고대의 바이러스들. 바이러스는 수만 가지에 달했

으며, 끈질기게 살아남아 변형을 거듭했다."(14~15쪽)
그 결과 '저주병'이 퍼져나가는데, 얼굴에 달린 두 개의
눈 말고도 몸 곳곳에 종기처럼 눈이 생겨나는가 하면,
어깨에 또 다른 머리가 솟아나기도, 꼬리뼈에 세 번째
다리가 자라나기도, 여섯 개의 팔을 가진 아이가, 머리
가 두 개인 아이가, 수십 개의 손바닥이 모여 날개를 이
룬 아이가 태어나기도 했다. 저주병의 감염자들로부터
안전한 '타운'이 『꿰맨 눈의 마을』이다. 자신들이 '선택
받은 자들'이라고 믿는 타운의 거주자들은 서로를 감시
한다. 아무리 친한 친구나 가족이라 해도 저주병의 징
후가 보이면 장로에게 알려야 한다. 그래야만 한다. 감
염 사실이 확인되면 감염자는 독이 든 미트파이와 콜라
한 캔과 함께 타운 밖으로 추방된다. 인간의 살과 피를
탐하는 괴물들이(타운의 거주자들에게 감염자는 이제 괴물일
뿐이다) 있는 황야로.

　　『꿰맨 눈의 마을』의 세 편의 소설은 각각 독립
된 이야기로 읽을 수도 있지만 '연작'소설답게 같은 세
계관을 공유할 뿐 아니라 같은 등장인물을 공유한다.
한 작품씩 읽을 때마다 이전 단편에서 궁금했던 실마

리가 하나씩 풀려간다. 세 편의 단편 제목은 「꿰맨 눈의 마을」 「히노의 파이」 「램」인데, 이 세 소설은 현재-먼 과거-가까운 과거 순서로 배열된 셈이지만, 실제로는 현재-과거-미래를 알 수 있게 해주는 구성이다.

「꿰맨 눈의 마을」부터 보자. 주인공의 이름은 '이교'다. 타운에 거주하는 이교는 얼마 전 친구 '램'이 추방당한 일로 슬퍼하는 중이다. 램의 목뒤에 입이 생겨났기 때문이다. 추방이 이루어지고 나면 사람들은 추방된 자를 잊기 위해 노력한다. 그를 기억하는 모두는 그를 잊기 위해 노력해야 한다. 이름은 더 이상 언급되지 않는다. 기억한다는 행위는 무엇인가. 보이지 않는다 해도, 곁에 없다 해도 그 존재를 살아 있게 하는 것이다. 언급하지 않으면 존재하지 않는 것과 다름없어진다. 이교의 슬픔은 그 '존재하지 않음'을 연기하는 데 기인한다.

이교의 슬픔은 거기에 그치지 않는다. 친했던 램의 추방은 그 자신의 안위를 위협한다. 이교의 등에도 눈이 있다. 태어나면서부터 작은 상처처럼 존재했던 눈을, 의사인 이교의 아버지는 아들의 추방을 막기 위해 꿰매버렸다. 머리는 하나였지만 몸은 두 개로 태어난 그의 형이 이름이 붙여지기도 전에 버려졌기 때문에 취해진 조치였다. 그렇다고 등의 눈이 눈이 아니게 되지는 않는다. 그런데 예상치 못한 일이 벌어진다. 이교의 세 번째 눈이 발각되기도 전에 램의 두 번째 입이 먼저 들킨 것이다.

이교의 세 번째 눈(등에 있기 때문에 옷을 입으면 가릴 수 있지만 그렇다고 안전하게만 느껴지지는 않는)은 시한폭탄과 같은 구실을 한다. 히치콕의 서스펜스의 정의를 기억하는가? 네 사람이 포커를 하러 방에 들어간다. 갑자기 폭탄이 터진다. 관객은 놀란다. 하지만 사람들이 포커를 하러 방에 들어가는 장면 전에, 포커 판이 벌어지는 탁자 밑에 폭탄을 장치하는 장면을 먼저 보여준다면? 네 사람이 태평하게 포커를 치는데 테이블 아래 시한폭탄의 초침은 폭발 시각이 다가옴을 째깍째깍 알린다면? 관객은 불안을 느끼고 동요한다. 시한폭탄이 터지기 직전에 게임이 끝나 한숨을 돌리려는데, 이번에는 누군가 차를 한잔 하자는 말을 꺼낸다. 소리라도 지르고 싶은 심정. 이때 느끼는 감정을 히치콕은 서스펜스라 불렀다. 세 편의 연작 단편 중에서 이러한 조마조마함은 첫 번째 소설 「꿰맨 눈의 마을」에서 가장 극심해진다. 등의 눈이 밝혀진 순간, 우리는 알 수 있기 때문이다. 이 눈은 발각될 것이다. 영화에 총이 나온다면 그 총은 발사되어야 하는 법이다. 이형異形이 발현된 몸을 숨기는 주인공이 나온다면 비밀은 발각되기 마련이다. 여기서 일종의 반전이 펼쳐진다. 타운 바깥에 비행기가 있을지도 모른다는 추측은 사실로 밝혀지고, 이교는 추락하는 비행기의 탑승자 '람'을 발견한다. 타운에서 말하는 저주병 감염자의 모습을 한 람은 타운 바깥에서는 자신들이 신인류라고 밝힌다. 타운에서 쫓겨난 이교의 친구 램, 하늘에서 떨어진 타운 바깥의 거주자 람. 이 둘의 이름이 기묘하게 닮아보이는 것은 우연일까. 이교는 타운을 벗어나 램을 찾아가기로, 구해내기로 마음먹는다. 그가 타운을 벗어날 수 있는 가장 간단한 방법을 이용해서.

　　「꿰맨 눈의 마을」이 현재 이교의 모험을 그린다면, 이어지는 「히노의 파이」는 이교의 삼촌의 과거를 보여준다. 이교의 삼촌 '백우'는 추방이 결정된 감염자들을 타운 밖으로 이송하는 일을 하는 문지기다. 그의 아버지도 이 일을 했는데, 심지어 할아버지가 추방당할 때도 아버지가 그 일을 맡았다. '히노'는 타운의 유일한 외지인이었다. 버려진 히노를 키운 사람은 독이 든 파이를 만드는 노파였는데, 백우는 어느 날 히노와 가까워졌다. 또 한 번 재깍거리는 시한폭탄 소리. 히노는 결국 타운을 떠나게 된다. 비교적 먼 과거의 사건들을 보여주는 이 두 번째 이야기는 세 편의 이야기를 아우르는 아주 중요한 비밀을 하나 폭로한다.

이렇게 두 편의 연작 단편이 쌓여서, 첫 번째 이야기가 시작되기 전에 추방된 램의 이야기가 등장하는 세 번째 소설 「램」에 이르면, 우리는 과거의 이야기를 보고 있지만 실제로는 미래를 예측할 수 있게 된다. 첫 번째 이야기에서 그 존재가 암시되지만 직접 확인된 적은 없는 비행기가 등장하며, 독이 들었다고 알려진 파이를 먹은 이튿날의 램, 그리고 타운 바깥의 세상에서 맞이하는 가능성 등이 펼쳐지기 때문이다. 「램」은 「꿰맨 눈의 마을」보다 과거에 해당하지만 이교와 람이 도달할 미래를 다소간은 예측할 수 있게 만들어준다.

외부의 위험으로부터 자발적으로 고립을 선택한 사람들의 이야기는 몇 편의 영화와 나란히 놓고 보아도 재미있다. 〈빌리지〉〈클로버필드 10번지〉〈미스트〉는 모두 생존 전략으로 고립을 선택한 이들의 이야기를 담은 영화들인데, 이때 결말의 차이가 조예은의 색깔을 보여준다.

〈빌리지〉는 마을을 둘러싼 숲이 위험하다고 믿으며 숲 너머로는 절대 가지 않으려는 사람들의 이야기다. 마을의 선량한 원로들은 숲에 "입에 올릴 수 없는" 괴물이 산다며 마을 바깥으로 나가려는 젊은이들을 설득한다. 〈클로버필드 10번지〉에는 벙커가 등장한다. (『페맨 눈의 마을』 속 타운의 최초 형태 역시 벙커였다.) 교통사고를 당한 뒤 정체불명의 벙커에서 깨어난 미셸이라는 여자가 있다. 벙커의 주인인 하워드는 바깥세상에 '놈들'이 있다며 미셸을 위해 밖에 나가선 안 된다고 강권한다. 세계는 무언가의 공격을 받았다고, 바깥세상은 오염되었다고. 〈미스트〉의 사람들은 마트에 갇힌 상태다. 마트 바깥은 전부 안개뿐. 고립된 사람들은 안개 속에 있는 정체를 알 수 없는 생명체 때문에 공포에 질리고, 마트마저 공격당하기 시작하자 주인공을 비롯한 몇몇 사람은 위험을 무릅쓰고 안개 속으로 나가보기로 한다.

이 세 작품은 외부의 위험에 대응하는 방식으로 고립을 택한 사람들과 그 이후의 이야기를 들려주는데, 자발적 고립이라는 키워드는 스릴러와 공포, 반전드라마의 긴장감을 끌어올리기 위한 도구로 사용된다. 하지만 조예은은 그 반대 방향으로 향한다. 누구와 함께 있기를 선택할 것인가, 어떤 가치를 추구할 것인가, 만들어진 공포에 순응할 것인가 미지의 희망을 과감하게 믿어볼 것인가의 문제에서 불안과 공포 방향으로 기울지 않는다. (그리고 바깥의 세계 역시 조예은의 선택을 배반하지 않는다.) 어쩌면 일종의 반전일지도 모른다. 공포와 절망을 예측하기가 훨씬 쉬운 장르적 설정에서 중요한 사람들을 하나씩 '미지'라는 새로운 안전지대로 대피시키는 전략 말이다. '알 수 없음'의 세계를 유머와 낙관으로 그려 보이는 조예은의 방식은 단편 「칵테일, 러브, 좀비」에서도 묻어난다. 아빠가 좀비가 되면서 벌어지는 이 작품은, 주인공에게 세계를 구해야 한다는 명목으로 칼자루를 쥐고 아빠에게 대적하게 만들지 않는다. 다만 좀비나 다름없이 살아온 아빠의 존재를 블랙 유머로 돌아보게 한다. 심지어 좀비 감염 경로도 국밥집에서 제공한 뱀술이다. 단편 「푸른 머리칼의 살인마」는 푸른 수염 이야기의 변형으로, '열지 말아야 하는 방'의 비밀을 타임 루프 소재와 연결 지은 작품이다. 죽음과 삶의 끝없는/영원한 반복이라는 테마로부터 권태와 우울을 끌어내기보다, '바로잡을 기회'를 끝내 포기하지 않고 애정에의 희구에 마침내 가닿는다. 「테디베어는 죽지 않아」식으로 말해보자면, "그럼에도 불구하고"의 세계다. 비관을 직시하면서도 포기하지 않는 일. 저주로 받아들여지는 신체 변형의 문제를 타운 바깥 사람들은 신인류라 부르고 있을 뿐더러 그들이 다수가 된 세상이 그곳에 존재한다는 설정 역시 마찬가지다. 저주병에 걸린 사람들은 SF에서 다루는 포스트휴먼(기술에 의해 탄생할 새로운 인류)의 테마를 연상시키기도 하는데(『꿰맨 눈의 마을』 속 설정이 인체를 디지털화하거나 비유기체와 신체를 합치는 식이 아니라는 점은 짚어야겠지만), 이 역시 비극의 씨앗이 아니라 결국 기꺼이 더 멀리까지 나아가게 하는 동력으로 작동한다.

　　에세이 「빛나는 모형들」에서 조예은은 이렇게 말한다. "최대한 먹음직스럽고, 진짜 같지만 어딘가 이상한, 이상해서 계속 보게 되지만 끝내 진짜라고 믿고 싶어지는 그런 걸 만들고 싶다. 나는 모형들이 좋다. 지면과 스크린 위의 진짜인 척하는 모든 이야기를 사랑한다. 그래서 일단은 계속하는 수밖에 없다."(178쪽) 모형과 이야기의 차이점은? 이야기는 종래 진짜가 된다. 조

예은이 만들어내는 신기루가 가진 실체를 경험하는 것
이, 바로 조예은 읽기다.

수록 작품 발표 지면

「꿰맨 눈의 마을」
『자음과모음』2023년 봄호

「히노의 파이」
미발표작

「램」
미발표작

트리플 22

꿰맨 눈의 마을
© 조예은, 2023

초판 1쇄 발행일 2023년 12월 15일
초판 4쇄 발행일 2024년 2월 2일

지은이 · 조예은

펴낸이 · 정은영
편집 · 방지민 최찬미
디자인 · 이선희
마케팅 · 이언영 연병선 한정우
　　　　윤선애 이유빈 최문실 최혜린
제작 · 홍동근
펴낸곳 · (주)자음과모음
출판등록 · 2001년 11월 28일
　　　　제2001-000259호
주소 · 경기도 파주시 회동길 325-20
전화 · 편집부 02) 324-2347
　　　　경영지원부 02) 325-6047
팩스 · 편집부 02) 324-2348
　　　　경영지원부 02) 2648-1311
이메일 · munhak@jamobook.com

ISBN   978-89-544-4967-0 (04810)
　　　　978-89-544-4632-7 (세트)